알타이 산맥

카일라스

히말라야 산맥

다람살라 ●

● 나자스탄　　　네팔　　　부탄

인도

러시아

바이칼 호수

몽골

중국

용담호

잘라래비 훨훨

잘라래비 훨훨

초판 1쇄 발행 2019년 8월 26일

지은이   김종록
그린이   은섬
발행인   윤여운
편집주간   김기산
편집위원   서경주, 안순현, 임성호, 전성기
디자인   문화국가연구소
펴낸곳   도서출판 다슬기

주소   (본사) 전라북도 진안군 부귀면 가치길 17—3
        (지사) 서울특별시 종로구 인사동 8—8
전화   02 737 3370
팩스   050 7079 0773
이메일   daseulki73@gmail.com

ISBN 979—11—967653—0—9 03810

도서출판 **다슬기**는 건강한 생태와 슬기로운 삶을 지향합니다.

잘라래비 훨훨

김종록 글
은섬 그림

질라래비 훨훨은 한국육아전통문화 〈단동10훈〉
가운데 하나다. '쥐암쥐암' '도리도리' '짝짝궁짝짝궁'
등과 같은 것으로 아이의 양팔을 벌려 잡고 새처럼 춤
추며 '질라래비 훨훨~' '질라래비 훨훨~' 축원한다.
건강하게 자라나 맘껏 꿈을 펼치라는 뜻을 담고 있다.

목차

히말라야산맥이 한 뼘도 솟아나지 않았을 때였다. 고 래가 겅중겅중 숲을 거닐며 풀과 꽃잎을 따먹고 다니기 도 훨씬 전이었다. 무엇이건 감쪽같이 만드는 조물주가 있었다. 그는 아주 근사하고 멋진 신세계를 만들 참이었 다. 능숙한 솜씨로 지상의 모든 산천초목과 동물들을 척 척 만들어내고 따뜻한 혼을 불어넣었다. 땅 위에서 온갖 생명이 약동하는 광경이 보기에 참 좋았다.

하늘에서 쉬지 않고 조화를 부리던 구름이 바람에 흩 어지자, 텅 빈 창공이 드러났다. 채움과 비움의 조화를 아는 조물주가 여백의 미를 모를 리 없었다. 하지만 꼭 뭔가 빠진 것만 같은 공중은 허전하기만 했다.

조물주는 먼저 조그만 비행체를 만들어보았다. 나비와 벌, 매미, 잠자리, 장수풍뎅이 같은 곤충들이었다. 꽃을 찾아 붕붕 날아다니는 곤충들을 바라보며 조물주는 생각했다.

'자유! 자유란 바로 이런 것이로구나.'

중력에 발목 잡힌 지상의 동물들과 달리, 공중을 훨훨 나는 생명체들을 보자 조물주는 욕심이 났다. 그는 이 평화로운 동산뿐만 아니라 천상을 넘나들 고공 비행체를 더하고 싶었다.

'그래 바로 그거야. 커다란 날개가 달린 새를 만들자.'

그는 가볍고 앙증맞은 새의 몸통에 그보다 몇 배 큰 날개를 달아주었다. 접었을 땐 오종종하니 작지만 활짝 펼치면 지상을 온전히 품어 안을 듯이 커다란 날개였다. 이제 새의 뽀송뽀송한 깃털을 세상의 모든 빛깔로 물들일 차례였다. 신들린 그의 손길은 현란하게 움직였다. 일곱 색깔 무지개, 설원의 저녁노을과 오로라, 남태평양 에메랄드빛 바다와 금모래, 천연석채인 공작석과 계관석, 경면주사 등에서 뽑아낸 3원색들, 우유니 소금사막의 파란 하늘과 흰 구름 데칼코마니가 새의 깃털에 자연스럽게 얹혀졌다. 그는 독보적인 색의 마술사였다. 까마득한 훗날 이름을 떨친 마티스, 피카소, 고흐 같은 화가도 기껏해야 뒤늦게 모방한 이들에 불과했다.

조물주는 점점 더 창조의 열락에 빠져들었다. 시간이 지날수록 잠재된 재능이 발휘되었다. 눈부신 자태를 지닌 새들이 속속 날아올랐다. 지상과 천상을 연결할 매개체로 조금도 손색이 없었다. 그는 열대림 속에, 바닷가와 호숫가에, 히말라야 설산 위에 그 아름다운 새들을 날려 보냈다.

지상의 갖가지 동식물들과 어우러진 모습은 조물주가 보기에 참 좋았다. 이 귀하고 아름다운 생명들을 오래토록 지켜주고 싶었다.

'그렇지! 파수꾼이 필요해.'

어느덧 창조의 마지막 날이 저물고 있었다. 그의 손길이 분주해졌다. 자신이 하늘궁륭에 걸쳐놓은 태양이라도 함부로 붙잡아 맬 수는 없는 노릇이었다. 그랬다간 뭇 생명의 질서가 교란될 수 있으니까.

그는 서둘러서 인간을 빚어내기 시작했다. 이토록 아름다운 창조물들을 잘 지켜줄 믿음직한 생명의 파수꾼을 만들고자 혼신의 힘을 쏟았다. 운명은 늘 황혼을 앞세우고 오는 법, 그는 땅거미처럼 밀려드는 피로감에 몸을 떨었다. 체력은 바닥났고 영원히 마르지 않을 것 같던 창조적 에너지도 점점 소진되어 가고 있었다. 그는 초조해지기 시작했다. 세상의 그 많은 산천초목과 물고기, 길짐승과 곤충들을 만드느라 얼마나 힘들었겠는가. 더구나 새를 만들고 색칠하는 데 너무 많은 에너지를 써버린 직후였다. 아무리 권능의 조물주라도 지칠 만했다.

'과유불급이로구나. 창조의 열락이 지나쳐 정작 중요한

것에 소홀해지겠어.'

그는 정신을 가다듬었다. 심호흡을 한 다음, 마지막 남은 힘을 끌어모아 두뇌 만들기에 정성을 쏟았다. 머리가 좋아야 이 귀한 생명들을 잘 지켜내고 조율할 수 있을 것만 같았다. 해는 점점 더 곯아빠져서 지평선 너머로 꼴깍 넘어가기 시작했다. 죽을힘을 다해 마지막 피조물에 숨결을 불어넣자 밤이 내렸다. 장엄한 천지창조의 완성이었다. 조물주는 자신의 피조물들을 거늑하게 둘러보며 스스로 품평했다.

'참으로 조화롭고 평화로운 생명의 터전이야.'

그런 만족도 잠시, 최후의 역작인 새와 인간을 비교하자 여러모로 인간이 새에 못 미침을 깨닫게 되었다. 그는 탄식했다.

'새는 지나치게 아름답고 그 종류와 모양도 너무 다채

로워. 게다가 공중을 날아올라 내 곁에 가장 가까이 근접하는 권한도 가졌고. 그에 비해 인간은 얼마나 불완전한가. 새처럼 날기는커녕 뛰는 것도 헤엄치는 것도 동물들에 한참 못 미치는 데다, 외모도 멋져봐야 젊어서 잠깐이고 대개는 볼품없겠어. 끝물에 서둘러서 대충 만든 티가 너무 나는구나. 낭패로군. 인간들이 저 새들을 부러워하면서 나를 원망하겠는걸. 그래도 두뇌만큼은 뛰어나게 만들었으니 현명한 파수꾼 노릇을 해주길 기대하는 수밖에.'

이때까지만 해도 신은 자신의 결정적 실수가 따로 있다는 사실을 깨닫지 못했다.

시간의 화살은 순식간에 날아 원시시대와 선사시대, 역사시대를 관통하여 마침내 21세기 과녁에 꽂혔다. 인간은 뛰어난 머리와 종족 번식력으로 그들만의 영역을 넓혀갔고, 환경은 파괴되었다. 그에 따라 수많은 생명체들이 급격히 멸종하기 시작했고 그들 자신도 지독한 미세먼지에 갇혀버렸다.

'아뿔싸! 내가 큰 실수를 했구나. 만물과 친구 되는 법을 모르는 파수꾼이라니! 뛰어난 지능이 오만함만 낳았구나. 함께 살기 위해서는 지능보다 공감능력이 더 중요하다는 걸 미처 생각하지 못했어. 지능에 걸맞은 공감능력을 충분히 주입하는 걸 빼먹고 만 거야. 머잖아 이 세상엔 인간이 만든 물질과 그 물질에 길든 별종들만 남고, 생명은 씨가 말라버리겠구나. 내가 파수꾼이 아니라 파괴자를 만들었나 보다.'

조물주는 절망과 부끄러움에 몸 둘 바를 몰랐다. 이후로 그는 좀처럼 그 존재를 드러내지 않아서 끝내 숨은 신이 되었다.

1. 알타이 고공비행학교

"세상이 내 맘대로 안 돼서 참 다행이에요."

질라래비는 숲으로 사뿐사뿐 걸어 들어가며 춤췄다. 또래들 다 가는 학교에 오늘도 어김없이 결석하고서도 태평하기만 했다.

"태어난 지 백일도 안 돼서 알았어요. 이 세상이 내 맘같지가 않아서 덜컹대면서도 그런대로 잘 굴러간다는 걸. 내 맘같이 돼 봐요. 세상은 온통 뒤죽박죽 엉망진창이 돼 버리고 말겠죠. 이 세상엔 내 맘보다 훨씬 더 큰마음이 있는게 틀림없어요."

질라래비는 눈가의 흰 깃털을 멋지게 빗질하며 콧노래를 불렀다. 산들바람은 머리빗도 되어주고 노래반주도 되어주었다. 가야할 길은 멀고 계절은 점점 짧아지고 있다고 어른들이 밤낮 성화였지만 왼쪽 눈 하나 깜빡이지 않았다. 춤추는 아이 질라래비의 날갯짓은 천사도 시샘할 만큼 우아했고 뚜루루 뚜루루 노랫소리는 마냥 경쾌하기만 했다.

"저 아인 자갈밭에서 샘물이라도 솟아나게 할 모양이네요."

먹이활동을 하며 지나가던 부족 어른들 가운데 하나가 조롱했다. 춤꾼이 발을 구르면 어디서든지 생명의 샘물이 솟아난다는 말을 빗댄 것이었다.

"하여튼 요즘 젊은 것들은 일 안하고 놀고먹는 것부터 배워요. 우리가 아무리 춤추고 노래하길 좋아하는 족속이라지만 다 때가 있는 건데. 청춘은 젊은 놈들에게 주기 너무 아까워."

이번에는 등이 굽은 원로가 쯧쯧쯧 혀를 찼다. 아까부터 질라래비를 기다리고 있던 자작나무들이 민망한 나머지 한쪽으로 일제히 눈을 돌렸다. 그들의 새하얀 낯빛이 더욱 하얘졌다. 그러거나 말거나 질라래비는 아무도 지켜보는 이가 없는 것처럼 태연하게 춤추며 자작나무숲에 파묻혔다. 자작나무숲은 아무리 깊어도 늘 여린 햇살이 파고들었다. 살랑대는 이파리들 사이로 꼼지락거리는 햇살의 느낌이 좋았다.

"질라래비야, 잔소리로만 넘길 게 아닌 거 같아. 이곳 여름도 얼마 남지 않았고 가을은 너무 짧아."

"맞아, 너무 짧아."

희고 미끈미끈한 자작나무 친구들이 수많은 눈을 깜박거렸다.

"너희들도 어른들과 같은 소리니?"

"그건 아니지만 아침저녁으로 초가을 건들바람이 선들선들 불고 있어서 걱정돼. 지금부터라도 열심히 훈련받지 않음 내년 봄에 우리가 못 만나게 되는 불행이…."

마음 여린 한 친구가 씨무룩해져서 말꼬리를 흐렸다.

"뭐야? 그새 내게 뭔 일이라도 생긴다는 거니?"

"꼭 그렇단 건 아니지만……."

자작나무는 창백한 안색으로 녹색 이파리들을 살랑댔다. 여름날 오후의 햇살이 백색 둥치에 작렬하는 자작나무

숲속은 눈부셨다. 숲의 귀족답게 기품이 있었다. 질라래비는 한껏 기분이 달떴다.

"좋았어. 너흰 역시 언제나 내 편이야. 이 향기롭고 평화로운 대지, 너희들이 만들어준 시원한 그늘 아래서 노래하고 춤추지 않음 도대체 뭘 한다는 거야."

그러면서 신나게 노래하기 시작했다.

나는 신나게 놀기 위해서 이 세상에 왔지

뭔가가 되기 위해서 여기까지 온 게 아냐

나는 아직 젊고 남아도는 건 시간뿐!

이른 새벽부터 저녁까지 춤추고 노래해

이 아름다운 계절에 삶을 예찬하지 않고서

도대체 뭘 한다는 거야, 뭘 한다는 거야

"뭘 하긴 욘석아! 학교가야지. 뚜루룩!"

할머니가 나타나 부리로 볼을 꼬집고 당겼다.

"아파요, 할머니!"

"아프라고 당기는 거다 욘석아. 따라와."

"전 그깟 학교 안 가요!"

"안 가고 뭐할 건데?"

"숲 친구들과 놀 거라구요. 뚜뚜루—"

"이 철부지야. 매일같이 먹이를 찾고 여름철 겨울철 삶의 터전을 옮겨가며 살아야 하는 우리에겐 그럴 시간이 없어. 낮의 길이가 점점 짧아지고 있단 말이다. 지금 부지런히 몸을 만들고 맹훈련 받지 않음 늦가을에 피눈물 흘리며 후회하게 돼. 왜 그걸 몰라?"

할머니는 질라래비를 이끌고 호숫가 고공비행학교 연병장으로 끌고 갔다. 지켜보던 자작나무들이 그 많던 눈을 질끈 감아버렸다. 연병장 한쪽 왕 버드나무 그늘 밑에는 이미 한 차례 고공비행 훈련을 받고나서 쉬고 있는 또래들로 북적거렸다. 그들은 볼썽사납게 질질 끌려오고 있는 질라래비를 보고서 킥킥거렸다.

"대장님! 욘석을 맨 앞장세우세요. 벌충해야죠."

"그 뺀질이 여자애를 앞장세워요? 그랬단 우리 비행단이 조롱거리가 되고 말 거요. 뚜룩 뚜뚜룩!"

할머니의 제안에 훈련대장은 볼멘소리를 내뱉었다.

"그러니까 이깟 비행단에서 빠져주겠다구요! 뚜루!"

질라래비가 고함쳤다.

"결석을 밥 먹듯 하는 놈이 뭘 잘했다고 나불거려! 만날 꾀병이나 부리는 주제에."

훈련대장은 할머니 눈치도 보지 않고 호되게 나무랐다. 그렇다고 주눅이 들 질라래비가 아니었다. 바투 다가서서 악머구리를 날렸다.

"정말 아파요. 고공비행을 하면 가슴이 깨지는 것처럼 아프다구요!"

"이놈 보소. 너만 힘든 줄 알아! 딴 친구들도 처음엔 다 아파. 참고 훈련하다보면 단련되는데 그걸 못 참고 뺀질대? 너희 할아버진 최고의 비행술을 자랑하는 전설의 쇠재두루미셨어. 그딴 나약한 변명과 핑계로 할아버지 명예를 더럽히지 마라."

또 그 얘기였다. 할머니한테 그리고 엄마 아빠한테 귀에 딱지가 내려앉게 들어왔던 할아버지의 신통한 비행술. 할아버지가 그랬다고 손녀도 꼭 그래야만 하는가. 질라래비는 반발심이 더 생겼다.

할머니는 이미 별이 되어버린 남편 얘기가 나오자, 그만 눈시울을 붉혔다. 손녀딸을 맡기고 종종걸음으로 연병장을 빠져나왔다.

다시 훈련이 시작되었다. 가족들이 지켜보는 가운데 연병장 위로 행렬을 지어 날아간 고공비행소년단은 멀리 알타이산으로 향했다. 구름 한 점 없는 쪽빛 하늘 아래로 흰 눈을 이고 있는 힘찬 산맥이 야생화 흐드러진 대평원에 솟구쳐 있었다.

✻

"왜 모두가 하늘 높이 날아야 하고 똑같은 길을 가야만 하나요? 난 높이도 안 날 거고요. 내가 가고 싶은 길을 가겠어요! 뚜룩 뚜룩—."

얼마 있다 질라래비가 검푸른 호수가로 내려앉으며 투덜댔다. 편대를 지어 높이 날던 훈련생도 무리에서 무단이탈한 것이다. 또래들은 까마득히 날아가 한여름에도 만년설을 이고 있는 알타이산맥에 근접해 있었다. 어린 손녀딸의 고공비행훈련 광경을 안쓰럽게 지켜보던 할머니가 쪼르르

다가와 커다란 날개깃으로 잘라래비의 가슴을 매매 쓸어 주었다. 고산지대 뜨거운 햇볕 아래서 맹훈련을 받느라 목이 탄 질라래비는 물을 벌컥벌컥 마셨다. 소담스레 줄지어 핀 물매화가 아무것도 못 봤다고 시치미 뗀 채 한들거렸다.

"원 녀석도 참. 천천히 좀 마시렴. 사레들라."

그 말이 떨어지기 바쁘게 질라래비는 끄억끄억 바튼 기침을 해댔다. 할머니는 발을 동동 구르며 등을 두드려주었다. 기침이 멎자, 기다란 목을 빼고서 북서쪽 하늘을 우두커니 바라보았다.

❋

질라래비 또래들로 구성된 고공비행학교 훈련생도들은 그새 알타이산 중턱에 다다라 있었다. 그들은 산등성이를 따라 비스듬히 고공비행했다. 그렇게 6부, 7부, 8부 능선으로 점점 고도를 높여나갔다. 무리가 9부 능선에 다다랐을 때 어김없이 맞바람이 불어왔다. 산꼭대기에는 사계절 내내 바람이 불기 마련이었다. 하지만 한겨울 돌풍도 아니고 여름날의 미풍이었다. 맨 앞에서 무리를 이끌고 있는

우람한 훈련대장에게 이깟 바람 타넘기 쯤이야 눈 하나 깜박하기만큼이나 쉬웠다. 하지만 고공비행훈련 첫날인 어린 쇠재두루미들에게는 벅찬 일이었다. 어깻죽지가 당겼고 산소 부족으로 숨이 찼다.

"뚜뚜 뚜루루―. 조금만 더 힘을 내! 날갯짓 몇 번만 더 하면 산마루에 다다른다. 저 너머가 바로 러시아 땅이야. 드디어 너희가 태어나 생애 처음으로 국경을 넘어볼 수 있는 기회다!"

어린이반 훈련대장은 생도들을 돌아보며 독려했다. 태어난 지 이제 겨우 백일 남짓 된 쇠재두루미들은 안간힘을 쓰며 파닥파닥 날갯짓했다.

"숨 막혀 죽겠어요! 뚜뚜뚜―."

"어깻죽지가 끊어질 거 같아요! 뚜뚜 뚜뚜―."

훈련대장은 비명을 지르는 어린것들이 ㅈ안쓰러웠지만 이런 때 약해지면 아무 일도 안 됐다. 그는 부러 눈을 부라렸다. 빨간 눈에서 레이저가 뿜어져 나왔다.

"약해빠진 소리 마라! 너희들은 세계의 지붕 히말라야도 곧잘 넘나드는 쇠재두루미의 후예들이다. 빙충맞은 질라래비 꼴 나지 말고 어서 빨리 날갯짓 못해! 이 고빗사위만 넘어서면 황홀한 신세계가 펼쳐진다. 자, 나처럼 이렇게 가뿐히 국경을 넘어보란 말이다!"

훈련대장은 힘찬 날갯짓 한 번으로, 까마득한 옛날부터 산정을 지배해온 바람벽을 뚫었다. 지상에서 가장 높은 산 꼭대기 위에서 군림하는 그 바람벽은 자존심이 무척 셌다. 자신보다 약한 존재한테는 절대로 자기 영역에 들어오는 걸 허락하지 않았다. 높이 오르려는 자, 누구나 그 으르렁 대는 바람벽과 맞서 이겨야만 경계를 넘어갈 수 있었다. 그 경계를 보란 듯이 넘어 저만치 앞에서 정지 비행하는 훈 련대장의 위용은 눈부셨다. 공룡의 척추뼈 같은 산맥 너머 대평원이 그의 날개 아래로 질펀하게 펼쳐졌다. 오직 드높 이 날아서 험한 산정을 넘은 자들만이 누릴 수 있는 풍광 이었다. 으르렁거리던 바람은 이젠 천상의 음악소리처럼 감미롭게 들렸다.

"더는 못 가요. 힘들어 죽을 거 같아요! 뚜뚜―"

훈련생도들 가운데 맨 앞장섰던 쇠재두루미였다. 해발 4천 미터에 달하는 이 지점에 이르면 공기 속 산소가 절반쯤으로 희박해진다. 양력도 부쩍 준다. 그래서 날갯짓을 더 자주 해줘야만 한다.

"더 빨리 펄럭거려! 날개를 더 빨리 펄럭거리라고 안 배웠나, 엉!"

훈련대장이 엄하게 외쳤다.

"으악! 방금 뭔가에 부딪혔어요! 뚜뚜뚜—"

녀석이 날개를 접으면서 휘청거렸다. 도레미파솔라시 기세 좋게 치고 올라갔던 녀석이 기절이라도 한 것인지 낙엽처럼 뒤로 밀리면서 추락하기 시작했다.

"펴! 날개를 펴!"

훈련대장이 생도들 쪽으로 급선회해서 바투 쫓아갔다. 다른 생도들도 차례차례 도시라솔파미 추락하고 있었다. 비상사태였다. 훈련대장은 커다란 날개를 펼쳐서 맨 밑으로 추락하던 생도를 받아낸 뒤, 온 힘을 다해 정지 비행했다. 고도의 비행술이었다.

깜빡 기절했던 생도가 깨어나 날개를 펼쳤다. 훈련대장은 같은 방식으로 다른 생도들을 하나둘 구출해냈다. 맨 마지막 생도를 구출했을 때는 둘 다 칼날 같은 바위벼랑에 부딪칠 뻔했다. 부딪쳤다면 즉사하고 만다. 살이 찢어지고 뼈가 깨진다. 그리고 우아한 날개 깃털들은 파편처럼 흩어져버리고 만다. 그것이 날개 지닌 존재가 추락할 때 겪어야 하는 운명이었다.

"휴, 십 년 감수했다. 이제 그만 귀환한다!"

오늘은 이쯤에서 훈련을 마치기로 했다. 이 지점이 한계인가. 어린 대원들은 아직 날개가 다 자라지 않았다. 자존심 센 산정의 바람벽을 꺾어놓기엔 무리로 보였다. 체력을 더 보강할 필요가 있었다.

그래도 어제보다는 많이 나아졌다. 어제는 불과 5부 능선밖에 돌파하지 못했으니까. 전보다 나아졌으면 그걸로 충분하다. 훈련은 그러라고 받는 거니까. 도레미파솔라시도 한 음계씩 상승해 가다보면 한 옥타브를 넘기고 마침내 한계상황을 돌파하는 날이 오게끔 돼 있었다. 그 절정의 쾌감을 알아야 비로소 어엿한 쇠재두루미가 되는 것이었다.

훈련대장은 어린 대원들을 격려했다.

"너희들은 자랑스런 쇠재두루미 어린이 고공비행단! 오늘은 여기서 멈추지만 내일은 모두가 산꼭대기 바람벽을 뚫고 국경을 넘을 수 있을 걸로 믿는다. 편안히 바람에 몸을 맡기며 하강비행하자. 천천히 숨을 고르며 에너지를 끌어 모은다. 알겠나!"

"뚜우—"

탈진한 무리들은 비 맞은 매미소리보다 작게 대답했다.

"이 놈들 봐라! 이 정도로 기진맥진해서야 어디 가서 알타이 쇠재두루미라고 할 수 있겠나! 하강비행 중에 노래한다. 노래는 '고공비행소년단', 하나 둘 셋 넷!"

우리는 알타이 고공비행소년단

이 세상 어디든 힘차게 날아간다

한낮의 태양볕도 우리를 못 꺾고

험준한 산맥도 우리를 못 막으니

낙원 찾아가는 길에 거칠 것 없다

뚜뚜뚜 뚜뚜 뚜루루루루—

한참 뒤 고공비행소년단은 알타이산 그림자가 비치는 검은 호수 하르 오스 가장자리 연병장에 착륙했다. 목이 빠져라 편대를 주시하던 생도 가족들이 우르르 달려와 귀여운 자녀들의 무사귀환을 환영했다. 이곳 비행학교에서는 고공비행뿐만 아니라 장거리비행과 야간비행은 물론 생애 첫 비행까지도 체계적으로 가르치고 있었다. 최근에는 노인을 위한 안전비행 과정도 개설했다.

"대견하구나. 며칠 내로 저 높은 산정을 훌쩍 넘나들 수 있겠어."

"설산 꼭대기까지 고공비행했다가 유리벽에 부딪쳐서 하마터면 죽는 줄 알았어요. 뚜루루 뚜루루 뚜뚜루루—."

아직 솜털이 눈가에 남아 있는 어린 생도들은 자못 흥분을 감추지 못하고 요란을 떨었다.

"허허허허, 사랑스런 녀석들! 그건 유리벽이 아니라 투명한 바람벽이야."

부족장이 다가와 일일이 머리를 쓰다듬어 주었다. 그는 알타이산 남쪽기슭에 있는 이 쇠재두루미 마을의 최고 어른이었다. 양쪽 눈 뒤쪽으로 흰 깃털이 드리워지고 목 아래로는 검은 깃털이 치렁치렁했다. 그래서 흡사 신선의 풍모였다. 80년 세월을 살아온 경험과 지혜가 그 몸에 배어 있었다.

"부족장님, 훈련대장님은 바람벽을 뚫어버렸어요. 우리도 뚫린 그곳으로 돌파하려고 했는데 그만 꽉 막아버리더라구요!"

어린 생도들이 고개를 갸우뚱했다.

"바람벽은 요술쟁이야. 뚫린 벽을 금방 수리해버리지."

"우리 부리도 이젠 충분히 날카로운 걸요."

"아무렴 그렇고말고. 똑같은 바람벽이라도 그에 맞서는 이마다 다른 한계상황이라는 게 있단다. 너희들 몸과 마음속에 있는 투명한 벽 같은 거라서 훈련하다보면 얼마든지 깨나갈 수 있어."

"이 안에 벽이 있다구요?"

맨 앞에서 비행했던 용감한 소년 생도가 날개깃으로 머리를 짚었다. 마음이 가슴속에 있지 않고 두뇌 속에 있다는 걸 알고 있는 녀석이었다.

"그렇단다. 대부분 그 벽에 부딪쳐서 포기하곤 하지. 몸이 힘들 때나 마음이 약해질 때."

부족장은 가슴과 머리를 차례로 짚어보았다. 날개 근육

문제는 역시 가슴부위에 있다는 듯이. 그는 어린 생도들 하나하나에게 따뜻한 눈길을 주었다.

"그 벽만 깨면 우리도 훈련대장님처럼 저 설산을 거침없이 넘을 수 있는 거예요?"

"물론이지. 하지만 벽은 또 그 너머에서 나타난단다."

"예? 또 있다구요?"

놀라며 한숨짓는 어린 생도도 있었다.

"자꾸 나타나는 그 벽들을 차례차례 깨나가다 보면 어느새 부쩍 성장해 있는 자신을 발견하게 되니까 너무 걱정할 건 없고."

"부족장님! 그럼 질라래비처럼 쉽게 포기해버리는 친구는요? 고작 첫 번째 벽에 꼭꼭 갇혀버린 꼴이 되겠네요?"

산꼭대기 고공비행 훈련 때 맨 앞장섰던 쇠재두루미가 우쭐대며 물었다.

"글쎄다. 질라래비는 워낙 엉뚱한 녀석이라서 더 지켜봐야겠지. 저것 좀 보렴. 고공비행훈련에서 저 혼자 이탈해놓고서도 뭐가 그리 신나는지 천연덕스레 춤에 빠져 있지 않니? 제 흥에 겨워 이쪽에는 도무지 관심조차 없어."

부족장은 호숫가에서 춤에 빠져 있는 질라래비를 가리켰다. 수면 위로 가지런히 머리를 내민 물매화 군락지가 보였다. 흰 물매화 꽃이 한창인 호수 위로 비단결 같은 바람이 불었다. 그 사품에 물매화들이 간지럼 타듯 하늘거렸다. 질라래비는 물매화의 춤에 맞춰 깡충깡충 뛰기도 하고 날개를 편 채 뱅글뱅글 돌기도 했다. 그 광경을 바라보는 부족장의 주름진 입가에 미소가 번졌다. 지금은 전설이 된, 옛 친구의 손녀 질라래비에게 부족장은 마냥 너그러웠다. 고공비행소년단 친구들은 어이가 없었다.

그때 자작나무숲 너머로부터 구성진 합창이 들려왔다.

풍요롭고 행복한 알타이산이여
철새들이 온갖 소리로 노래하고
빗물 머금은 들꽃들이 만발하고
검푸른 숲을 따라 올라가노라면
황금빛 사슴들이 우네
산기슭을 따라 걷노라면
늑대와 여우들이 흩어져 있고

강가를 따라 가노라면

수달과 밍크들이 모여 살고

신성하고 맑은 강물에서는

크고 작은 물고기들이 노닌다네

인간의 마을에서 바람 타고 흘러온 토올(몽골 오랑카이 족의 구전 서사시)이었다. 인간의 마을은 호수로 흘러드는 강이 감도는 산기슭에 있었다. 게르와 통나무집이 뒤섞인 작은 마을이었다. 그들이 부르는 토올은 풍요로운 대지와 생명력 넘치는 만물을 예찬하는 즉흥 노래였다. 마두금(말 머리 모양의 현악기)을 튕기며 노래하는 이곳 인간들은 좀처럼 다른 종들의 영역을 침범하는 법이 없었다. 농사를 짓는다고 초원을 개간하거나 농약을 치는 법도 없었다. 어쩌다 목동들이 말과 양떼를 몰고 지나갈 따름이었다. 쇠재두루미들도 인간들의 영역을 침범하지 않았다. 그저 경계 없는 하늘길로 마을을 통과만 할 뿐이었다. 그것은 아주 오래된 관행이자 무언의 신사협정이었다.

이글거리던 햇볕도 차츰 시들고 쇠재두루미 가족들은 하

나 둘 보금자리로 돌아갔다. 기다란 다리보다 두세 배는 더 긴 그림자를 이끌고서.

텅 빈 비행학교 연병장은 이제 지천으로 피어난 에델바이스 천국으로 변했다. 가수알바람에 하늘거리는 앙증맞은 그 흰 꽃들은 이내 초원의 적요에 잠겼다. 그때 비로소 삐죽빼죽 고개를 내미는 초원의 가족들이 있었다. 군데군데 뚫린 구멍 속에서 땅다람쥐와 타르박이 우뚝 서서 동정을 살폈다. 땅거미가 지면서 진한 쪽빛 창공에 버터 팝콘 같은 별들이 톡톡 돋아나기 시작했다.

2. 무엇이건 처음은
늘 어설퍼

다음날 댓바람에 부족장이 질라래비네 집으로 찾아왔다. 마을에 하나뿐인 청년의사를 데리고서였다. 늦잠꾸러기 질라래비는 아직도 흥건한 꿈에 젖어 있었다. 잠꼬대를 하면서 싱글벙글 웃기까지 했다.

"아직도 아기네요."

의사는 평화롭게 잠자는 소녀를 보며 유쾌한 미소를 날렸다. 자작나무 숲속에서 춤추던 소녀를 본 적이 있어서였다. 그는 소녀의 가슴팍 깃털을 헤치며 뼈와 근육의 발육 상태를 검사했다. 할머니와 엄마 아빠, 오빠와 언니들이 숨죽이며 지켜봤다. 의사는 고개를 갸우뚱하며 눈을 깜박거렸다. 지켜보던 가족들 가운데서 꼴깍 침을 넘기는 소리가 들렸다.

"짐작대로 역시 가슴뼈가 많이 약하군요. 용골돌기가 문제예요."

"용골돌기요?"

"그래요, 잘 봐요. 우리들 가슴과 이 가슴은 겉모양부터가 다르잖소."

의사는 자신의 진단이 확실함을 증명해 보이려고, 질라래비 언니의 툭 튀어나온 가슴팍과 비교해 보였다. 한눈에 봐도 질라래비 가슴팍은 확연히 빈약했다. 아직 어려서만도 아녀 보였다.

"말도 안 돼요. 내 딸이 그럴 리 없어. 어여쁜 내 딸이 용골돌기 부실이라니."

아빠가 펄쩍 뛰었다. 가문의 명예를 잇는다는 자부심과 성취욕구가 남다르고 냉정한 아빠지만 딸에 대한 사랑은 막무가내였다.

"아버님, 아실만한 분이 왜 그러세요. 현실을 냉정히 받아들이세요."

의사는 부러 차갑게 말했다.

"세상에나. 어째 이런 일이……. 고공비행하면 아프다고 자꾸 가슴팍을 두드려 쌓더니만 그것도 모르고 꾀병부리는 줄로 여겼네. 할미가 못나서 그랬구나. 어린 게 얼마나 힘겨웠을까."

할머니는 어린 손녀딸의 가슴을 매매 쓸어주며 울먹였다. 용골돌기는 하늘을 나는 새의 가슴 한가운데 중심 뼈대를 이루는 돌출부였다. 새 가슴이 앞으로 툭 튀어나온 건 이 용골이 돌기된 때문이었다. 날개를 움직이는 근육이 이 돌기에 붙어 있었다. 히말라야를 넘나들며 살아온 쇠재두루미들은 이 용골돌기가 특별히 잘 발달해 있었다.

"예전엔 없었는데 요새 가끔 이런 장애아가 생겨나고 있어요."

의사는 심각해졌다.

"왜 이런 일이 생기는 것인가?"

부족장 또한 심각한 표정이 되었다.

"지구환경변화가 원인이라는 설이 유력합니다."

"큰일이네요. 용골돌기는 우리들의 생명줄! 그게 탈이라면 높이도 멀리도 못 날 텐데 우리 애는 앞으로 어찌되는 건가요?"

아빠의 가슴속에서 쿵하고 억장 무너지는 소리가 들렸다. 바다를 헤쳐 나가는 배 밑바닥의 중심선 골격이 용골이었다. 배가 용골의 힘으로 물살을 가르며 앞으로 나아가듯이 새는 용골돌기 힘으로 공중을 날 수 있었다.

"아시다시피 우리들은 인간들과 같이 잡식성입니다. 산과 들에서 나는 열매와 곡물, 강과 호수와 바다 물고기를 먹지요. 통째로 먹는 물고기는 뼈를 튼튼하게 만들어왔어요. 햇빛을 충분히 쬐어주면 비타민D가 합성돼 칼슘과 인의 농도를 적절히 조절합니다. 골고루 먹이고 운동 많이 시키셔야 겠습니다."

의사가 자상하게 일러주었다.

질라래비네 가문은 장거리 고공비행의 고수로 손꼽혀왔다. 할아버지는 수십 년 간 히말라야 고공비행을 이끌었던 향도였고 아빠 또한 그 뒤를 잇고 있었다. 그와 짝을 짓고 해마다 한두 마리의 새끼를 쳐온 엄마도 탁월한 고공비행을 자랑했다. 당연히 용골돌기도 빼어났다. 부부는 번갈아가며 편대의 선두에서 무리를 이끌어왔다. 이들 부부가 함께 하면 세상의 그 어떤 고산지대 맞바람도, 흉포한 독수리도 두렵지 않았다. 그런 혈통을 물려받은 질라래비가 이런 치명적인 장애를 지니고 태어났다니. 믿을 수 없었다. 또래들보다 나는 게 늦어지기에 좀 늦되는 아이로구나 싶었다. 그런데 그게 아니었던 것이다.

"애비야, 그래도 이 몸으로 알타이산 중턱까지나 날았으니 얼마나 신통하냐. 얼마든지 희망이 있어."

"그럼요, 어머니. 누구 딸인데요?"

아빠는 자고 있던 딸의 볼에 키스했다. 할머니와 엄마는 질라래비의 가슴을 쓰다듬었다.

"무엇보다 아이의 의지가 중요해요. 그만 깨워서 알려줍시다. 뼈와 날개 근육 만들기에 좋은 마가목 열매와 차가버섯을 챙겨 먹이고 맹훈련을 시켜요."

의사는 식이요법이 적힌 처방전을 내밀었다.

"요 새침데기 녀석, 진작 깨놓고서 자는 척하는 거지?"

아빠가 질라래비의 겨드랑이에 간지럼을 태웠다. 녀석

은 키득키득 웃으며 부스스 일어났다. 언제고 천진스런 모습이었다.

"쳇! 며칠 꾀병 좀 부렸다고 숫제 환자취급이로군. 어른들은 못 말려요. 난 아무렇지도 않으니까 걱정 말아요. 자작나무 숲에 놀러갔다 올게요."

질라래비는 일부러 재빨리 날아 보였다. 쏜살같이 날아간 그는 순식간에 오보 언덕 너머에 착륙했다. 쥐토끼 피카가 종종걸음으로 다가와 인사를 건넸지만 본체만체했다. 피카가 겸연쩍어진 나머지 이내 굴속으로 몸을 숨겨버렸다. 그러거나 말거나 지금은 누구와도 말을 섞고 싶지 않았다. 그저 혼자서 거닐고 싶었다.

"저렇게 날 때 보면 정상인데……."

"엄밀히 말하면 비정상이랄 것도 없어요. 발육이 늦은 것뿐."

안타까워하는 엄마를 아빠가 위로했다.

"곧 가을이 오잖아요. 훈련 때를 놓치면 히말라야를 넘을 재간이 없으니 그게 문제 아니겠어요?"

엄마와 아빠가 자식에 대한 사랑을 자기방식대로 표출

했다.

"저렇게 날 수 있는데 뭘 걱정인가? 어디든 따뜻한 나라로 가서 겨울을 나면 그뿐!"

"예?"

부족장의 생급스런 의견에 아빠가 깜짝 놀랐다.

"길은 많다네. 어제 질라래비가 외친 말을 듣고 밤새 생각했지. 왜 모두가 하늘 높이 날아야 하고 똑같은 길을 가야만 하나? 그간 우린 눈가리개 찬 경주마처럼 한 길로만 넘나들었어. 우리 늙은이들과 질라래비 같은 미숙아들에게 히말라야 고공비행은 너무 무릴세. 자네 어머닌 많은 길을 알고 계신다네. 우리 모두가 꼭 히말라야산맥 넘어서 북인도로만 가야 되는 건 아니라는 얘기야."

할머니를 묵연히 바라보던 부족장은 노쇠한 몸을 천천히 이끌고 돌아갔다. 의사는 엄마에게 질라래비가 가려야 할 음식들을 일러주고 부족장의 뒤를 따랐다. 몸이 비대해지는 곤충과 물고기는 적게 먹도록 했다.

질라래비네는 곧 가족회의를 열었다. 연년생 형제자매들이 많아서 손자들까지 합치면 서른세 마리나 되었다. 고

공비행학교에 간 아이들과 춤추러 간 질라래비만 빠졌다.

1. 오늘부터 당장 아빠가 특수훈련을 담당한다. 그리하여 고공비행의 전설을 이어온 가문의 명예를 지킨다.

2. 엄마는 건강식단을 짜서 식이요법을 엄격히 시행한다. 하버드 보건대학원 식단을 참고하되 뼈와 근육에 좋다는 마가목 열매와 자작나무 차가버섯 등을 장복시킨다. 오염되지 않은 물고기를 챙겨 먹이고 햇빛 아래서 훈련시킨다.

하버드 한끼 건강식

3. 만일의 경우를 대비해, 할머니는 <기억의 지도>를 완성한다.

4. 질라래비가 끝내 고공비행을 못하더라도 절대 흉보지 않는다. 우리는 운명공동체, 잘난 존재도 없고 못난 존재도 없다. 누구나 이 세상에 단

하나뿐인 소중한 존재, 그에 맞는 삶을 살면 그뿐! 오늘부터 우리에겐 더 이상의 전설도 신화도 없다. 익숙하게 알고 있던 진리라도 뒤집어보는 지적 투쟁을 하자.

장시간의 가족회의를 통해 이끌어낸 결론은 알뜰했다. 명문가 후예답게 의사결정 과정도 매끄러웠다. 나이가 많고 직급이 높다고 거들먹거리는 어른도 없었고 비합리적인 민간요법이나 종교적 주술행위를 주문하는 이도 없었다. 건강문제는 먹는 게 가장 중요했다. 무얼 먹느냐에 따라 건강도 달라지고 세상 보는 눈도 달라진다는 걸 가족 구성원 모두 잘 알고 있었다. 왜냐하면 대대로 바른 먹을거리와 수련으로 높고 먼 히말라야산맥을 넘나들며 살아온 쇠재두루미 가족이니까.

맨 끝 구절, '익숙하게 알고 있던 진리라도 뒤집어보는 지적 투쟁을 하자'는 대목은 자못 철학적이기까지 했다. 질라래비 가문이 단지 고공비행술에 뛰어난 유전자만을 지닌 게 아니라는 증거였다. 죽음을 무릅쓴 고난도의 비행을 통해 이들은 어느덧 철학적 사유를 지니고 있었다.

식이요법도 그랬다. 아무거나 닥치는 대로 먹는 다른 짐승들과 달리, 쇠재두루미 가족은 평소 철저한 건강식단으로 몸만들기를 했다. 몸에 좋은 엄선된 음식으로 골격을 튼튼히 한 다음, 근육을 단련시켰다. 그렇다고 비만은 금물이었다. 몸이 가벼워야 높이, 멀리 날 수 있기 때문이다. 두루미 특유의 늘씬하고 우아한 자태는 식욕을 이겨낸 절제의 미학이었다.

따뜻한 남쪽나라에서 겨울을 난 쇠재두루미 가족은 고향 알타이산자락 호숫가나 강가로 돌아와 짝짓기를 한다. 그리고 한 달 뒤 둥지에 한 두 개의 알을 낳는다. 계절의 여왕 오월에 새끼를 쳐서 지극정성으로 육아를 한다. 아기의 날개가 돋아날 때까지 엄마 아빠는 한 시도 눈을 떼지 않고 돌본다. 아이가 태어나 첫 대면한 엄마만 그림자처럼 졸졸졸 따라다니며 보챈다고 짜증내지도 않고, 아이의 나쁜 습관은 '너 닮아서 그렇다'고 부부가 서로를 탓하지도 않는다.

날개가 돋아났다고 바로 비행술을 가르치는 건 아니다. 우선 반듯한 걸음걸이부터 가르친다. 엄마는 질라래비가 아장아장 걷다가 날개를 푸덕거리던 때의 모습을 떠올리곤 그만 사랑에 겨워 몸을 부르르 떨었다.

✳

"사랑스런 내 아가야, 이 향긋한 풀밭 냄새를 맡아보렴. 우리들 고향 땅의 봄날 향기는 어쩜 이리도 달콤하다니?"

―아, 엄마 아빠냄새.

"가슴을 펴고 숨을 깊숙이 들이마셔 보렴. 가슴 밑 저 아랫배까지 말이다. 기운찬 생기가 온 몸에 전해질 거야."

―이렇게요?

"그래, 너는 이 대지의 자손! 이 초원에서 앞으로 80여년의 세월을 보내게 될 거란다."

―할머니처럼?

"그렇지. 기나긴 생애 여행이 이제 막 시작된 거란다. 그러니 한 걸음 한 걸음을 어찌 함부로 떼어놓겠니? 발아래 대지를 할머니의 등짝, 엄마의 가슴이라고 여기고 한 발을 가만히 떼어놓으렴."

―쿵!

"아니, 아니. 할머니 등짝 긁히겠구나. 엄마 가슴팍 다 패이겠어. 말 못하는 땅이라고 함부로 내딛으면 안 되지. 차분히 대지의 꿈틀거림과 풀섶에 스치는 온갖 소리들을 느껴보렴. 사뿐사뿐 거닐면서 말야."

엄마가 시범을 보였다. 맵시 나는 우아한 자태는 발레리나가 울고 갈 만큼 매력적이었다. 질라래비는 엄마의 동작을 따라 했다.

"지금 이렇게 내딛는 너의 첫발이 일생을 결정 지을 수도 있단다. 그러니 설레임으로 살포시 발걸음을 떼렴.

—살포시?

"잘했다. 이제 느껴지지? 네 발바닥에서 차고 올라오는 대지의 살갗이! 무심코 걸었을 때와 달리 대지가 물컹하지 않니?"

—잘 모르겠어요. 엄마. 엄마 말대로 걸으려니까 자꾸 뒤뚱거려요. 다리 짧은 뚱보 오리처럼요.

"호호호, 그럴 거야. 걷는 건 누구 허락도 도움도 필요치 않은 너의 권리야. 오로지 네 힘과 의지로 당당히 걷도록 하렴. 더 이상 스스로 걸을 수 없다면, 그리고 날 수 없다면 우리네 삶은 거기가 끝이야."

─끝 다음은요?

"우리들은 죽으면 하늘의 별이 된단다."

─그럼 지금보다 더 높이 나는 거네요?

"그래서 우리는 두려울 게 없는 거지. 오, 똘똘한 우리
딸! 너는 장차 뭐가 돼도 아주 특별하게 되겠구나."

─엄마, 나는 특별한 뭐가 되고 싶지 않아요. 그냥 내가
될 거예요.

"우리 걷기를 계속해보자꾸나. 발바닥이 대지에 귀 기울
이듯 조심히 내딛는 거야. 그럼 세상을 조율하는 대지의 음
악소리가 들린단다. 그 리듬을 타며 앞으로 미끄러져 가보
렴. 딱딱한 자갈밭이나 바위등걸을 딛을 때도 물컹한 느낌
을 느낄 수 있어. 보행의 숨은 비법이야."

─정말 그래요 엄마. 이렇게 걸으니까 걷는 게 하나도 안
힘들어요, 헤헤헤. 엄마, 누구나 그냥 걸으면 되는 거라
고 여겼는데 걸음걸이도 배워야 되는 거로군요.

"사실 자기 몸무게를 온전히 들어서 앞으로 옮겨놓는 건
힘겨운 일이야. 이 땅속의 보이지 않는 힘과 매순간 겨루

는 거거든."

　—땅속의 보이지 않는 힘요? 아직 난 잘 모르겠어요. 어
서 날고픈 마음밖에 없어요.

"급할 거 하나도 없단다. 리듬을 타고 앞으로 사뿐사뿐
밀어가다 보면 걸음이 빨라져. 달려도 몸이 가뿐하고. 그
때 날갯짓하며 두 발로 대지를 힘껏 차는 거야. 그럼 별 힘
안 들이고도 공중에 뜨게 되거든."

　—아, 양 어깻죽지가 간질간질해요. 날고 싶어요.

질라래비는 쪼르르 달리다가 날개를 퍼덕거렸다. 아직
다 자라지 않아 빈약한 날개지만 몸을 띄우는 데 성공했다.
그러나 얼마 못 가서 그대로 곤두박질쳤다. 하필 가시나무
덤불 속에 나둥그러져 그만 볼이 찢겨버렸다. 잿빛 깃털 위
로 붉은 피가 비쳤다. 엄마가 황급히 달려가 부리로 꺼내
주었다. 피를 보자 질라래비는 뚜루룩 뚜루룩 울음을 터뜨
렸다. 생애 첫 비행은 상처뿐인 영광이었다.

그래도 잘 해낼 줄 알았다. 명석한 아이니까 남들 다하는 고공비행쯤은 식은 죽 먹기일 거라고 여겼다. 비행술이라면 전설을 써온 가문이었다. 그런데 상황이 이상하게 돌아가고 있었다. 끝내 또래아이들보다 나는 게 늦더니 고공비행을 힘겨워했다. 틈만 나면 호숫가나 자작나무숲에서 노래하고 춤추는 것만 좋아했다. 훈련받는 게 싫어서 해찰하는 걸로 여겼는데 그게 아니었다. 쇠재두루미에게 치명적인 용골돌기 부진이라니. 얼마나 고통스러웠을까 싶어 마음이 짠했다.

"여보, 그만 기운차려요. 자작나무숲으로 가서 질라래비 데려와야죠. 당신 말대로 빡세게 훈련시켜야 같이 북인도 라자스탄에서 겨울을 날 수 있어요."

엄마는 낙담해 있는 아빠를 채근했다. 아빠는 아침부터 넋이 나가 온종일 갈피를 못 잡고 있었다. 아까는 바윗돌에 머리를 짓찧으며 통곡하기도 했다.

"세상에 우리 딸에게 왜 그런 장애가! 하늘이 원망스럽소."

"알아요, 당신의 마음. 당신은 늘 성공의 역사를 써왔으니까 낙담이 크겠죠. 당신이 누군가요. 그간 그 많은 장거리비행과 고공비행에서 큰 사고 한 번 없이 무리를 이끌고 히말라야 설산을 넘나들어온 전설의 향도지요."

엄마가 아빠의 멍든 머리부위를 부리로 문질러주며 위로했다.

"그래. 우린 함께 넘을 수 있어. 아직은 여름이고 늦가을까지는 두 달 남짓이나 되오. 그 시간이면 얼마든지 훈련시켜서 일등 비행사로 만들 수 있고말고."

"맞아요. 당신은 전설의 향도잖아요."

엄마가 아빠의 능력을 믿는다며 힘을 실어주었다.

"히말라야는 뒷동산이 아니오. 응석받이 녀석이 잘 따라줘야 할 텐데……."

"알아요. 잘 훈련받지 않으면 정상적인 새도 좀처럼 넘을 수 없는 높이지요. 산소는 희박하고 맞바람은 날개를 부러뜨릴 만큼 고약하죠. 그래도 함께 편대를 지어 나니까 그 울력으로 거뜬하잖아요. 우리 질라래비도 당신의 고강도 특수훈련만 받으면 얼마든지 편대에 합류시킬 수 있어요. 혼자하면 불가능한 일이라도 함께하면 기적이 일어나잖아요. 그게 우리 족속이 이 험한 세상에서 생존해온 역사잖아요."

"알겠소. 한 번 해봅시다."

아빠는 튼튼한 두 다리로 땅을 힘차게 차고 올랐다. 질라래비가 춤추고 있을 자작나무숲을 향해 날았다. 그런 아빠를 엄마와 할머니가 믿음직스럽게 올려다보았다.

3. 침묵의 언어

특수훈련이 시작되었다.

아빠는 PT체조부터 가르치기로 했다. 자작나무 숲속에서 노닐던 질라래비를 데리고서 돌무더기 오보가 서 있는 언덕배기로 올라갔다. 늘 바람이 부는 곳으로 오색기가 펄럭거렸다. 언덕 동쪽 아래로 거대한 뱀처럼 꿈틀대는 강이 보였다. 물닭 가족이 한가롭게 자맥질을 하고 있었다.

"가슴을 앞으로 쭉 내밀고서 날개를 펼쳐라. 그 다음에 이렇게 날개를 뒤로 한껏 젖히는 거야. 더, 더, 더! 그 상태로 뜀뛰기 100회 시작!"

아빠가 시범을 보였다. 하지만 질라래비는 불과 30회도 못 뛰고서 그만 나가떨어졌다.

"숨차요 아빠."

"숨차야 운동이 되는 거지. 어서 일어나라! 이건 기초 가운데 기초야."

아빠는 부러 강하게 나왔다. 이렇게 하지 않으면 딸을 낙오자로 만들 것만 같았다. 그건 상상할 수도 없는 일이었다. 질라래비는 기신대며 일어서서 다시 뜀뛰기 시작했다. 이번에는 겨우 10여회도 못 뛰고 주저앉았다.

"어서 일어나라. 그렇게 의지가 약해서 어따 써먹겠니? 아직 고공비행 '고'자도 안 꺼냈거든!"

"아빠, 아무래도 이 운동은 나한테 안 맞는 거 같아요."

"네게 딱 맞는 건 노래와 춤이지."

"맞아요. 춤추며 하는 운동 같은 거 없어요?"

"그건 나중에 할 거야. 기초운동으로 다져진 후에."

"기초운동 하다가 가슴 터지게 생겼어요!"

"정말? 그렇게 아파?"

아빠는 쪼르르 다가와 질라래비의 가슴을 끌어안았다.

그렇잖아도 붉은 눈이 더욱 붉어졌다. 이제껏 짐짓 강하게 나왔던 아빠가 거기서 그만 무너져 내리고 말았다.

"잘한다. 질라래비라면 끔찍히 여기는 애비가 얼마나 야무지게 훈련시키나 보러왔더니……."

몰래 지켜보고 있던 할머니가 나서며 혀를 찼다.

"어머니, 아무래도 제가 직접 훈련시키는 건 아닌 것 같네요. 저 어린 것이 아프다고 호소하는데 아빠가 돼서 어떻게 밀어붙여요. 도저히 못하겠어요."

아빠가 할머니 쪽으로 걸어오며 속내를 털어놨다. 아버지가 자기 자식을 직접 훈련시키는 일은 쉽지 않은 노릇이다. 그래서 아무리 잘난 아버지라도 자식을 학교에 보내거나 친구와 바꿔서 교육하는 법이다. 아이들도 교육 받는 시기에는 자존심이 강해져서 부자지간 혹은 부녀지간이라도 갑자기 서먹서먹한 사이로 변하기 쉽다. 이때 서로 민감하게 충돌하고 낯을 붉히다보면 영원히 좁힐 수 없는 틈이 생기기 쉬웠다.

훈련에 앞서 질라래비 아빠는 딱 한 가지만 유념하기로 했다. 어떤 경우라도 부녀지간에 벽을 쌓고 사는 일만은 생기지 않게 하겠다고. 딸이 설령 낙오자로 남더라도 안타까워할지언정 미워하지는 않겠다고.

"맘 약하게 먹어서는 저 아이를 데리고 갈 수가 없어. 속이 아파도 강도 높은 훈련을 시켜야지 어쩌겠니? 부모의 맹목적인 사랑이 언제나 자식을 이롭게 하지만은 않아. 때로는 모질다 싶을 만큼 냉정해져야 좋은 부모인 거란다."

할머니는 그 말을 해주고 슬그머니 빠졌다.

"아빠, 할머니가 뭐래?"

"널 무척 사랑한대."

"그건 맞아."

"그래서 꼭 같이 히말라야산맥을 넘어가게끔 빡세게 훈련시키라는데? 우리 딸 할 수 있겠지?"

질라래비는 대꾸하지 않았다. 고개를 숙이고 씨무룩하게 발가락만 꼼지락거렸다. 이런 때 약해지면 아무것도 못한다. 딸이 아니라 단지 훈련생도라고 여기고 밀어붙이기로 했다.

"훈련 다시 시작한다! 가슴을 앞으로 쭉 내밀고서 날개를 편 다음 날개를 뒤로 한껏 젖힌다! 그 상태로 뜀뛰기

100회 실시!"

아빠가 하나, 하고 구령을 넣었지만 질라래비는 시늉만 하다가 그만두었다.

"어서 못 하겠니!"

"가슴이 터질 것 같아서 못해요."

"절대 안 터지니까 잠자코 해!"

아빠는 자신도 모르게 언성을 높이고 말았다. 질라래비가 털썩 주저앉아 원망하는 눈빛을 날렸다. 해맑으면서도 여린 감성을 지닌 아이였다.

초장부터 일이 어긋나고 있었다. 역시 의욕이 앞섰던 모양이다.

뜀뛰기 100회 3세트를 하고난 뒤, 다음 단계로 넘어가려 했던 훈련계획은 그만 1단계에서 발이 묶여버렸다. 질라래비가 요구한 공중에서 춤추며 하는 훈련은 중간단계였다. 기초 고공비행술 바로 직전이었으니까.

"기초 없이 높은 단계에 갈 수는 없어."

아빠는 다정스레 구슬렸다.

"아빠, 아무래도 이건 나한테 맞지 않는 운동 같아요."

질라래비는 여전히 꽁무니를 뺐다.

"넌 왜 해보지도 않고 못하겠다는 거니?"

"왜 안 해봐요. 이미 두 차례나 해봤잖아요, 나와 안 맞거든요!"

"겨우 두 번 해보고서? 전설이 되신 할아버지의 손녀, 아빠의 딸답지 않구나."

"아빤 안 아파봤음 말도 마세요. 가슴팍이 쪼개지는 거 같아요. 그리고 뭐가 할아버지 손녀답고 아빠 딸다운 건데요? 부족을 위해 목숨 바친 거요? 남 앞에서 으스대며 비행술 자랑하는 거요? 그런 건 내 적성에 안 맞아요. 아빠나 실컷 하세요."

질라래비는 날개를 푸덕거리며 발을 동동거렸다.

"실망이다. 내 속으로 난 새끼를 그 동안 너무 몰랐구나. 아빠 맘도 모르고……."

어디서부터 잘못된 걸까. 충격이 컸던 아빠는 휘청거렸다.

"애초에 잘 만들어 내놓지 그랬어요? 오빠나 언니들처럼 용골돌기 튼튼하게 만들어서요."

"이놈 보게. 그게 어디 내 맘대로 되는 일이라니? 사람들

속담에, 못된 송아지 엉덩이에 뿔난다더니…….."

"그래요. 맘껏 미워하세요. 내가 아닌 다른 누군가가 되어서 예쁨 받기보다는 이대로 미움 받는 편이 나아요. 뚜룩뚜룩—"

질라래비는 눈물을 뿌리며 외쳤다.

"이 녀석 말하는 것 좀 보소. 알 깨고 나온 지 이제 백일 조금 넘어서 깃털에 겨우 물기 마른 계집아이가……. 내가 왜 널 훈련시키는 건데? 곧 닥칠 겨울까지 여기 남아 있다간 얼어 죽고말기 때문 아니겠니? 힘겹더라도 히말라야산맥을 넘어가야만 살아. 왜 그걸 몰라?"

그 말을 다 듣지도 않고 질라래비는 땅을 차고 올라, 멀리 강 건너로 날아가 버렸다. 아뿔싸. 애초 이럴 생각은 아니었는데 상황이 소나무숲에 붙은 도깨비불처럼 엉뚱한 데로 번져버렸다. 아빠는 오보 언덕 위에서 발을 동동 굴렀다. 사랑하는 딸은 깊이 상처받고 자취를 감춰버렸다.

전설은 무참히 깨졌다. 실력이 앞선다고 좋은 교육자가 되는 건 아니라는 말이 사실이었다. 낭패였다. 아내에게 뭐라고 말해야 할까. 아니, 그보다도 딸 녀석의 운명은 어찌 될 것인가. 용한 점쟁이라도 찾아가 묻고 싶었다.

　맥이 빠진 아빠는 오보 언덕을 힘없이 내려갔다. 바람에 나부끼는 오색기에서 음산한 아우성이 들렸다.

　아빠는 우거진 자작나무숲 그늘로 타박타박 걸어 들어갔다. 자작나무는 새하얀 둥치로 눈부신 빛을 뿜어내고 있었다. 오늘처럼 속상하고 우울할 때, 이 자작나무 숲속을 거닐면 한결 마음이 편안해졌다. 늘씬하게 쭉쭉 뻗어 올라간 나무둥치에 오후 햇살이 비스듬히 비치면 숲속은 황홀한 빛의 축제가 열린다. 둥치에 묻은 백색가루가 햇살을 반사시켜서 신비한 광채를 뿜어냈다. 그 광채가 마음을 달뜨게 만든다.

　혹시 질라래비도 겉으론 명랑하지만 내심 우울해서 자주 이 숲을 찾는 건 아닐까. 녀석이 늘 춤추고 노래하는 것도 마냥 행복해서가 아니라 조금이라도 행복해지기 위해서 그랬던 건 아니었을까.

바람이 불어왔다. 사시나무 잎을 닮은 자작나무 잎들이 살랑댔다. 자작나무는 생장이 빨라서 많은 양의 물을 뿌리로 빨아들여 위로 올린다. 이 물을 이파리를 통해 공기 중으로 방출할 수밖에 없었기 눈에 보이지 않을 정도로 미세한 분수 줄기를 뿜는다. 길고 가느다란 잎자루는 떨리기에 아주 적합하다. 그래서 이파리들은 늘 살랑살랑 춤을 춘다. 바람이 일지 않아도 스스로 춤을 추는 나무가 된 자작나무. 딸과 닮은 구석이 많은 나무였다.

"나무야 나무야, 내 딸 친구 자작나무야. 산다는 것은 맘에 안 드는 것들을 조금씩 받아들이는 거라는데 그게 맞느냐. 나는 여태껏 무수히도 많은 성공신화를 써오며 우리 가족과 겨레붙이의 장거리 비행을 이끌어왔다만, 정작 내 딸 녀석을 고향에서 잃어야 할 팔자로구나. 다 받아들여도 그건 끝내 받아들일 수 없겠구나. 나무야 나무야, 아무런 근심 걱정 없는 나무야. 어긋나버린 우리 운명을 어찌해야 옳단 말이냐."

아빠는 한탄하며 자작나무의 의견을 물었다. 눈을 감고 묵상하던 자작나무들은 푸른 이파리만 살랑댈 뿐이었다. 빛도 보고 소리도 듣고 냄새도 맡고 촉감도 느끼고 과거를 가슴 속에 서리서리 기억해두는 나무였지만 미래는 예견할 수 없었다.

❊

질라래비는 밤중이 되어서야 집으로 돌아왔다. 아빠는 일찍 잠든 것처럼 짐짓 모르는 체했고, 질라래비 또한 아빠에게 늘 해오던 저녁인사를 하지 않았다. 걸음마 떼는 아이마냥 엄마 품에 깃들며 응석을 부릴 뿐이었다.

"엄마, 내 가슴속에는 가시나무가 자라고 있나 봐요. 여느 때는 얌전히 있다가 땀 흘려 일하거나 운동하면 자꾸 꾹꾹 찔러대요."

"귀여운 아가야, 그건 가시가 아니란다."

"그뿐이 아녜요. 부아가 치밀면 그 가시들이 어느새 입으로 튀어나와요. 엄마, 난 두려워요. 그 가시 돋친 말에 누군가 다칠까 봐서요."

"그렇담 그건 정말 조심해야 할 가시가 맞구나. 화난다고 내지르고 보는 버릇은 꼭 고치렴."

"알겠어요, 엄마."

엄마는 두 날개를 한껏 열어서 포옥 감싸주었다. 엄마 몸통의 반이나 되게 자랐지만 넉넉한 품안에 완전히 가려졌다. 또래들과 술래잡기하면 절대 찾을 수 없는 은신처이자 보금자리였다.

"그리고 당분간 아무 훈련도 받지 말고 춤이나 추면서 지내렴. 걱정하지도 말고 절대 무리하지도 말아야 한다. 부족장님 말씀을 듣고 나서 엄마와 할머니가 생각해둔 게 있으니까."

'길은 많다네. 우리 모두가 꼭 히말라야산맥 넘어서 북인도로만 가야 되는 건 아니라는 얘기야.'

질라래비는 자는 척하면서 가만히 들었던 부족장의 말을 되뇌었다. 그러다가 도리질을 쳤다.

"아빠가 내버려두지 않을 걸요."

"엄만 알게 되었단다. 아빤 널 훈련시킬 수 없어."

의외였다. 그간 아빠의 실력과 지도력을 높이 사온 엄마였다.

"아빤 최고의 고공비행술을 자랑하는 왕고참 훈련대장이에요."

"실력이 없어서가 아니라 마음이 약해서란다."

"아빠처럼 강한 훈련대장이 또 누가 있다고? 그 어려운 PT체조를 처음부터 100회 3세트나 시키려고 했어요!"

"결국 1세트도 못 시켰잖니? 아빤 널 너무 사랑해서 네가 힘겨운 걸 못 견뎌하서."

"그건 잘 모르겠어요. 훈련시킬 때의 아빠는 예전 아빠가 아니었으니까요."

"시간이 지나면 알게 될 거야. 다음부터는 할머니가 널 훈련시킬 거다."

"할머니가요?"

"그렇단다. 할머닌 아빠와 네가 힘들어 하는 걸 가슴아파 하시고 아마 딴 생각을 하고 계신 듯해. 오늘은 멀리 국경 너머 시베리아 벌판까지 가서서 네 몸에 좋은 약재들을 채

집해 오셨어. 여기 이 마가목 열매 먹고 자렴. 작년 가을 것
을 고목나무 구멍에서 용케도 찾아내 물고 오셨지 뭐니."

엄마는 마가목 열매 몇 알을 꺼내주었다. 잘 말라 온전한
그 열매들을 보니 뭉클했다. 쭈글쭈글한 붉은 열매가 꼭 할
머니의 발등 잔주름을 닮았다.

"아, 할머니."

질라래비는 많이 늙어서 군데군데 깃털이 빠진 할머니의
볼을 끌어안았다. 너무 고단하게 주무시느라 손녀의 손길
을 알아차리지도 못했다.

다음날 아침, 할머니와 소풍을 갔다. 또래들이 훈련받는 연병장을 지나쳐 알타이산 기슭으로 날았다. 바다와도 같은 초원에 노랗고 붉은 야생화 물결이 끝없이 펼쳐졌다. 둘은 러시아 국경과 접한 차강 살라 바위산에 착륙했다.

"앗, 사슴들이 엄청 많아요, 할머니! 산양도 보이고."

햇살이 작렬하는 바위벼랑 남쪽 사면을 바라보던 질라래비가 외쳤다.

"쉿! 조용히 보기만 하렴. 놀라 달아날지도 몰라."

할머니는 흥분한 손녀딸에게 주의를 주었다.

"달아나긴 어딜 달아나요, 할머니도 참. 저건 바위그림들 아녜요?"

짓궂은 표정을 지어보인 질라래비가 깃털로 바위그림들을 쓰다듬었다.

그때 산양이 꿈틀대며 투덜거렸다.

"조심해! 내가 여기서 수천 년 동안 꼼짝 못하고 있었다고 허락 없이 만져도 되는 거야?"

"아, 미안 미안해."

그림 속 산양이 예민하게 반응하자, 질라래비는 머쓱해졌다.

"그래도 얘는 만지기만 했지 짓밟지는 않았잖아. 인간들은 저희 먼 조상들이 새겨놓은 바위그림들을 탁본한다고 떼거지로 몰려와서 온종일 두들겨대고 먹칠까지 하잖아."

바위는 더 화가 났다.

"걔들 얘긴 꺼내지도 마. 저쪽 기다란 뿔이 넝쿨처럼 뒤로 뻗어있는 큰뿔사슴은 마모가 심해서 곧 사라질 위기야. 박사라는 것들이 찾아와 하도 밟고 두들겨대서 도대체가 성한 데가 없다구."

산양 위쪽에 서 있는 작은 사슴이 대변인처럼 나서서 인간들을 성토했다.

민망해진 할머니가 질라래비를 다른 데로 이끌었다. 여린 깃털로 쓰다듬었을 뿐인데도 많이 불편한가보았다.

"인간들이 밟고 두들겨댔을 때는 비명을 질렀겠네요."

"물론이지."

"그런대도 계속해서 그 탁본이라는 걸 했다는 건가요?

질라래비는 이해할 수 없었다.

"못 알아들으니까. 아니, 욕심에 눈멀어 안 들으려고 했겠지."

"자기들 조상이 새겨놓은 그림들이라면서요. 그걸 왜 훼손한다죠?"

"그런 호기심은 되도록 안 갖는 게 좋아. 인간은 우리와 너무 멀어져버린 별종이니까. 이 그림을 새기며 동물들의 번식을 기원하던 원시인들은 지금 인간들과 아주 달랐어. 그들은 우리 친구였으니까."

바위그림은 계속해서 이어졌다. 자세히 보니 인간이 개를 몰고 다니며 사냥을 하는 그림도 있었다.

"그런데 왜 우리 같은 새는 없어요?"

"저쪽으로 가보자."

할머니는 손녀딸을 다른 바위로 데리고 갔다.

그곳에 쇠재두루미 한 마리가 날고 있었다. 공중에서 수면으로 수직 낙하하는 모습이었다. 수면 바로 밑에는 새와 반대 방향에서 물고기 한 마리가 위로 솟구쳐 오르고 있었다. 하늘을 나는 새와 물속을 헤엄치는 물고기가 기세 좋게 마주보았다. 팽팽한 긴장감이 감돌았다. 생동감이 뿜어져 나오는 장면이었다.

질라래비는 눈이 휘둥그레지고 숨이 막혔다. 수천 년 전의 공중과 물속에 서린 생명력이 오롯이 빨려 들어오는 느낌이었다. 도무지 선사시대 인간의 손길로 파놓은 암각화 같지가 않았다. 공중을 날던 조상이 방금 날아와 그대로 박힌 것처럼 보였다. 물고기 또한 마찬가지였다.

질라래비도 할머니도 아무런 말을 하지 않았다. 충만한 경외감으로 옴짝달싹할 수조차 없었다. 둘은 주박에 걸린 것처럼 그 자리에 우뚝 선 채로 그림을 주시했다.

바위 같은 침묵을 깨뜨린 건 할머니였다.

"애야, 잘 들어보렴. 너의 오늘은 수억 년간 끊이지 않고 줄기차게 이어온 기나긴 생명선의 한 마디란다. 종족 번식과 유전자 전달은 뭇 생명의 최고 가치지. 이 세상에 그보다 더 큰 가치는 없단다."

할머니의 목소리는 낮았지만 깊은 울림이 있었다. 질라래비는 태어나 처음으로 살아남는다는 것의 의미를 곱씹었다. 조상과 물고기의 모습이 새겨진 바위벼랑 아래서.

나는 단지 내 한 몸이 아니었다. 기나긴 강물과도 같은

생명의 역사 한 마디를 이어주는 연결고리 같은 거였다. 그걸 깨닫게 만드는 예술의 힘은 얼마나 위대한가. 한 마리의 새, 한 마리의 물고기 암각화면 족했다. 공중과 물속의 많은 생물들이 지나온 수억만 년의 사연을 단 한 장면으로 압축해서 보여주고 있었다.

그때 갑자기 돌풍이 불어닥쳤다. 고산지대의 날씨란 본래 변덕스러웠다. 돌풍은 천둥번개와 소나기를 몰고 왔다. 순식간에 하늘이 어두컴컴해지고 물안개가 일어나 앞이 보이지가 않았다. 할머니는 근처 작은 동굴로 질라래비를 데리고 들어가 비가 긋기를 기다렸다. 비에 젖은 손녀딸의 깃털에서 시베리아 무릇 꽃향기가 났다.

"애야, 기특한 내 손녀딸 질라래비야. 오늘 네가 지킨 침묵은 옹알이를 하면서부터 여태껏 했던 그 숱한 말보다 더 값지구나. 앞으로는 화가 난다고, 네 생각과 다르다고 함부로 막말하지 마라. 함부로 내뱉은 말은 너 자신과 상대방, 그리고 세상을 할퀸다. 내뱉을 때는 속 시원하고 때로 우쭐해지겠지만 다음엔 더 거칠어지게 된단다. 이제부터는 차라리 침묵의 언어를 사용하도록 해라."

할머니는 손녀딸의 머리에서 빗물을 털어내며 일렀다.

"침묵의 언어요?"

"그래, 침묵의 언어. 꼭 필요한 말을 할 게 아니라면 침묵하는 편이 오히려 현명한 법이다. 할미가 하나 묻자꾸나."

"예, 할머니."

"지금처럼 우리 둘이 얘기할 때, 꼭 우리뿐일까? 우리 둘 사이에서 누군가 조용히 듣고 있는 존재가 있다는 생각 안 들어?"

"……?"

"그럼 우리가 말하기 전에 뭐가 있었지? 아까 암각화 앞에서 말야."

"침묵요."

"그래, 바로 그 침묵이 늘 대화 상대 사이에 끼여 있단다. 침묵은 눈에 보이지 않지만 늘 세상을 관찰해온 '아주 오래된 자'란다. 세상 만물이 생기기 전에도 침묵은 있었으니까. 그 침묵은 언제 어디서든 뭇 생명이 하는 모든 말들을 한 마디도 빠뜨리지 않고 죄다 듣고 있는지도 몰라."

"무서워요, 할머니."

"무섭고말고. 그걸 알았다면 앞으로 그 침묵에게 부끄러운 말은 좀처럼 입 밖으로 안 내놓는 게 좋아. 침묵보다 못한 말을 해서 뭐하겠니?"

"정말 그런 거 같아요, 할머니."

질라래비는 침묵의 언어를 진심으로 이해하고 있었다.

"너는 그동안 어린이 훈련대장한테도 아빠한테도 심한 말을 내질러왔어. 말은 안했다만 이 할미한테도 자주 그랬었지."

"죄, 송, 해, 요, 할머니."

질라래비는 파리 목소리로 말했다.

"그렇다고 기죽을 필요까진 없고."

"알겠어요, 할머니."

"삶은 행동으로 써가는 역사란다. 말은 그걸 조금 거들뿐이야. 네 할아버지는 무척 과묵한 분이셨지. 하지만 행동해야 할 때 만큼은 누구보다도 단호하고 용맹한 분이셨단다."

할머니는 동굴 속에서 할아버지 얘기를 꺼냈다.

할아버지는 부족장이었다. 비행술이 뛰어나 부족이 이
동할 때 향도를 겸했다. 그해 늦가을도 알타이산 쇠재두루
미 부족은 눈 덮인 히말라야산맥을 넘어가고 있었다. 부족
은 돌풍의 저항을 적게 받으려고 산등성이에 밀착해 서서
히 고도를 높여갔다. 백 마리가 넘는 대규모 편대였다. 할
아버지는 여느 때처럼 돌풍 속에서 상승기류를 찾아내느
라 애를 먹었다. 힘 약한 원로들과 어린이들은 날갯짓만으
로 7천 미터가 넘는 고도까지 고공비행하기가 어려웠다.
상승기류를 잡아타고 편승해야 수월했다. 지칠 대로 지친
날개를 그동안에 잠시 쉴 수 있었다. 날개를 펼치고 가만
히 호흡을 골랐다가 상승기류가 사라지는 순간 힘차게 바
람을 가르며 치고나가야 히말라야산맥을 가까스로 넘을
수 있었다.

그해는 바람의 운이 따라주지 않았다. 무리는 9부 능선
쯤에서 번번이 실패하고 후퇴해야만 했다. 먹을 것도 없는
눈밭에서 밤을 새고 이른 새벽 따뜻한 햇살이 비추자, 서
서히 덥혀진 상승기류를 잡아탔다. 이번에는 성공할 것 같

앉다. 그때 검독수리 두 마리가 출현했다. 설산에 사는 검독수리들은 이 무렵이면 꼭 길목을 지키고 있다가 어김없이 나타나 사냥했다. 눈밭에서 굶주린 놈들은 편대에서 뒤처진 약자를 노렸다. 맨 앞에서 무리를 이끌던 할아버지는 급강하해서 후미를 받쳤다. 선두는 그의 친구에게 맡겼다. 검독수리들이 긴장했다. 노련한 비행술을 자랑하는 할아버지의 명성은 이미 설산에 널리 퍼져 있었다. 다른 부족들은 통행료 지불하듯 한두 마리의 희생자를 꼭 헌납하고 넘나드는데 이 부족은 희생자를 하나도 안 내고 통과하는 경우가 많았다. 모두가 할아버지의 탁월한 리더십 덕분이었다.

할아버지는 커다란 날개를 당당히 펼치고 막아섰다. 날개 길이로 보면 검독수리보다 더 컸다. 게다가 비행술의 천재였다. 그런 할아버지를 돌풍 속에서 상대하기란 만만찮은 일이었다.

"비켜라! 네놈이 부족장이라면 현명하게 굴어야지. 이 무슨 무모한 짓이냐? 너의 용맹과 애민정신을 높이 산다. 그래서 한 마리만 거둘 테니 어린이 하나만 상납하고 가라.

너의 부족이라 특별히 봐주는 거다."

검독수리 수컷이 천둥같이 으름장을 놓았다. 찬 공기가 갈가리 찢겼다. 그런다고 기세 꺾일 할아버지가 아니었다.

"어림없는 소리! 너희가 아무리 하늘의 제왕이라도 우리 부족 구성원 누구의 살점도 내줄 수 없느니. 뚜루룩!"

"어리석은 놈! 부족장이라는 놈이 숙맥이로군. 리더가 협상을 잘해야 조직이 안녕한 법이거늘. 국경을 넘으면서 이 많은 무리 가운데 어린이 한 마리 내놓고 가는 거면 통행세 면제나 다름없어. 얼른 생각을 고쳐먹어라."

"내 사전에 그런 얄팍한 협상은 없다. 네가 나를 붙잡을 수만 있다면 나를 먹어라."

할아버지는 이미 상승기류를 타고 고공비행 중인 부족을 뿌듯하게 바라본 다음, 반대쪽으로 유인비행을 했다. 화가 치민 검독수리 부부가 맹공을 시작했다. 할아버지는 곡예사처럼 산등성이를 따라 지그재그로 날았다. 하지만 속도로는 검독수리를 당해낼 수가 없었다.

"뚜루루 뚜루루 뚜루 뚜루—"

부족들이 일제히 응원의 합창을 보냈다.

검독수리 수컷이 번개같이 달려들어 사나운 부리로 할아버지의 머리를 쪼았다. 암컷은 앞쪽에서 길을 막았다. 수컷은 날카로운 발톱으로 할아버지의 날개를 공략했다. 붙잡히면 날개 뼈가 부서지고 만다. 위기였다. 할아버지는 로켓처럼 수직상승 비행술을 선보였다. 이대로 고공비행하면 놈들의 손아귀에서 무사히 빠져나갈 수 있었다. 부족들은 벌써 절반쯤이나 히말라야산맥을 넘어가고 있었다. 이제 후미만 넘어가면 끝이었다.

상승기류야 불어다오.

할아버지는 속으로 기도하며 힘껏 날갯짓을 했다. 신화에서는 대개 이런 순간에 기적을 보인다. 마른하늘에서 벼락이 내리쳐 독수리들을 제거한다든지, 갑자기 태양이 사라져 깜깜해진다든지, 하늘에서 황금수레가 내려와 안전하게 태워다 준다든지. 하지만 현실에서는 그런 기적이 안 일어난다. 불행히도 상승기류 대신 맞바람이 들이닥쳤다. 할아버지는 그만 뒤로 밀려버리고 말았다. 이때 무리한 날갯짓은 자칫 뼈를 부러뜨리고 만다. 할아버지는 날개를 접고 다시 급강하 비행을 시도했다. 그 순간 어깻죽지로 날카로운 발톱이 후비고 들어와 박히는 걸 느꼈다. 그리고 그만 정신을 잃어버리고 추락했다. 산맥을 넘어가던 편대 맨 후미에서 조마조마 뒤돌아보던 할머니가 꺼이꺼이 비명을 질렀다. 할머니의 비통한 울음소리가 밤하늘 유성처럼 긴 여운을 남겼다.

할아버지는 그렇게 자신을 희생했다. 부족의 생존을 위한 거룩한 선택이었다. 북인도 나자스탄에서 겨울을 나며 부족 구성원들은 위대한 영웅을 기렸다.

설산을 넘어야만 해서 그렇지 그곳은 월동 천국이었다. 라자스탄 사람들은 현학이 매년 와주기를 바라며 해마다 수백 톤의 알곡을 모이로 제공했다. 그리 가멸은 살림살이도 아니면서 히말라야 설산을 넘어 찾아온 손님에게 아낌없이 베풀었다.

이듬해 따뜻한 남쪽에서 봄바람이 불어오자, 부족들은 그 바람을 타고 다시 히말라야산맥을 넘었다. 봄날 상승기류 덕분에 지난 늦가을에 넘어올 때보다 훨씬 수월했다. 할아버지가 희생됐던 지점을 통과하며 할머니는 다시 꺼이꺼이 울었다. 70년을 같이 살아온 남편에 대한 그리움에 몸을 떨었다. 뼈를 비우고 머릿속까지 비우는 쇠재두루미의 삶이지만 속정만큼은 좀처럼 떨쳐낼 수 없었다. 봄바람에 남편의 깃털 냄새가 배어있는 것만 같았다. 그래서 더 서글펐다.

"당신은 내가 이렇게 살아있는 게 그토록 슬프오?"

뭉게구름 속에서 할아버지 특유의 호방한 목소리가 울려 나왔다. 할머니는 그 환청에 더 마음 아팠다.

"여보 마누라, 내가 돌아왔소. 너무 늦은 귀환이라 미안하오."

"……?"

"할아버지!"

"부족장님!"

눈앞에 할아버지가 나타났다. 지난 가을 검독수리 밥이 된 줄 알았던 할아버지가 살아 돌아왔다. 너무 놀란 할머니는 잠깐 기절했다 깨어났다. 기적 같은 생환에 가족들과 부족들 모두가 기뻐 춤췄다. 그들에게 한 번 부족장은 영원한 부족장이었다.

"당신은 참 도깨비로군요."

할머니는 할아버지와 한쪽 날개를 끼고 날면서 춤췄다. 노부부는 전설의 비익조를 재현해보였다. 그러자 아빠와 엄마, 다른 부부들과 연인들도 짝을 이뤄 비익조가 되었다. 히말라야 북쪽 능선 티베트 하늘은 무도회장으로 변했다. 봄기운이 약동하는 그곳은 살아있음의 축복을 예찬하기 좋은 장소였다.

"자, 이제부터 나와 같이 가볼 데가 있으니 모두들 따라오시오."

할아버지는 늘 다니던 하늘 길에서 약간 벗어나 왼편으로 비켜 날았다. 두 시간쯤을 날자 마나사로바 호수 너머로 피라미드 같이 생긴 특이한 바위산이 나타났다. 수미산이라 불리는 카일라스였다.

"묵상하는 성자의 모습! 이 척박한 곳에 이런 비경의 성산이 숨어 있다니!"

누구랄 것도 없이 탄복하며 피라미드 산을 감돌았다. 할아버지는 카일라스 남쪽기슭 어느 사원 위로 낮게 비행했다. 붉은 승복을 입은 라마승들이 옥상 위로 올라와 손을 흔들었다. 그 가운데서 두 팔을 벌리고 선 젊고 건장한 라마승

이 보였다. 할아버지는 천천히 내려가 그의 어깨 위에 사뿐히 내려앉았다. 라마승들이 박수를 치며 환호했다. 부족들은 영문도 모른 채 라마승들의 머리 위를 빙글빙글 돌면서 함께 춤을 추었다. 할머니가 아래로 내려갔다. 할머니는 라마승의 다른 어깨 위에 앉았다. 아무도 말해주지 않았지만 남편을 살린 은인임을 알아차렸다. 라마승들이 다시 환호했다.

"고마워요. 이렇게 가족을 데리고 찾아줘서."

젊은 라마승이 양손으로 할아버지와 할머니의 기다란 다리를 토닥거려주었다. 할아버지와 할머니도 머리를 숙여 라마승의 검붉은 뺨에 당신들의 볼을 문질렀다. 살아 숨 쉬는 것끼리의 공감은 이런 거였다. 말도 생각도 계산도 필요치 않았다. 어떤 상황에 처하면 즉각적으로 한 몸처럼 느끼는 거였다.

라마승 둑랑첸이 할아버지를 처음 봤던 다섯 달 전에도 그랬다. 그는 한여름에 히말라야산맥을 넘어 다람살라에 갔다가 추워지기 전에 카일라스 자락 사원으로 돌아가던 중이었다. 7천 미터가 넘는 설산을 걸어서 넘어오느라 그는 이미 지칠 대로 지치고 발가락에 동상까지 걸린 상태였다. 뜨거운 버터차와 보릿가루 한 대접을 그리며 산간마을을 찾아 내려오는데 눈앞에서 차마 못 볼 참사가 벌어지고 있었다. 검독수리의 공격을 받은 현학 한 마리가 추락하고 있었다. 가엾은 현학은 불과 몇 발자국 앞 눈밭으로 그대로 처박혔다. 두 마리의 검독수리가 삽시에 달려들었다.

"썩 꺼지지 못해!"

건장한 라마승 둑랑첸은 설산이 떠나가라 고함치며 등산용 스틱을 사정없이 휘둘렀다. 아무리 굶주린 독수리라도 달아나지 않을 수 없었다. 눈밭에서 꺼내놓고 보니 어깨와 목을 공격받아 의식을 잃었다. 피도 많이 흘렸다. 라마승 둑랑첸은 메고 있던 배낭에서 흰 목도리 카타를 꺼내 상처를 싸매주었다. 할아버지는 그때까지도 깨어날 줄을 몰랐다. 둑랑첸은 침낭으로 폭 감싸 들고 마을로 향했다. 목숨을 걸고 설산을 넘어오느라 이미 녹초가 된 그에게 5킬로그램이나 되는 무게는 감당할 수 없을 만큼 무거웠다. 하지만 죽어가는 생명을 살려내야 한다는 일념이 바닥난 힘을 끌어 모았다. 자비심, 바로 생명사랑의 힘이었다.

가까스로 마을에 도착했을 때, 둑랑첸은 탈진 상태였다. 꼬박 하루 반나절을 잠에 빠졌다 일어난 그는 뜨거운 버터 차부터 찾지 않았다.

"현학은요?"

첫마디가 현학의 안부였다.

"스님, 다행히 깨어났어요. 하지만……."

침상 옆 난롯불에 마른 야크 똥 조각을 먹이로 보태주던 안주인이 고개를 저었다.

"날개가 부러졌군요?"

"날개도 날개지만 아무래도 살아나기 어려울 거 같아요. 상처가 깊어서 꿰매줘야 하는데 병원이 너무 멀어요. 비상 약으로 응급처지만 해뒀어요."

둑랑첸은 난롯가에서 잠든 할아버지를 품에 안았다. 초 췌한 자신의 처지와 똑같아서 그렁그렁 눈물이 나왔다. 안 주인이 뜨거운 버터차를 내왔다. 둑랑첸은 후후 불면서 두어 모금 마신 뒤, 수저로 버터차를 떠서 할아버지의 부 리 안에 흘려 넣어주었다. 할아버지는 눈을 반쯤 떴다 도 로 감았다.

이후로 둑랑첸의 정성스런 간호와 치료가 이어졌다. 자신부터 기운을 차린 그는 사원으로 돌아와 할아버지를 보살폈다. 사원에는 전통의술에 밝은 원로 라마승이 있었으므로 그의 도움을 받았다. 백일쯤 뒤에 할아버지는 완치되었다. 부러진 날개도 감쪽같이 붙었다.

할아버지는 사원에서 그해 겨울을 나면서 생명의 은인 둑랑첸이 어떤 사람인지 알게 되었다. 둑랑첸은 평화의 우편배달부였다. 험준한 히말라야산맥에 새 길을 낸 사람이었다.

티베트인들은 성산 카일라스가 우주의 중심이라고 믿었다. 그래서 일생에 한 번은 그 산을 순례하고 한 바퀴 돌면서 업장을 소멸시키고자 했다. 길이 험하고 몸이 고달플수록 좋았다. 도중에 힘겨워서 죽게 되면 차라리 행운이었다. 그래서 그냥 걸어 넘기도 어려운 그 산을 자벌레처럼 온몸을 던져서 재 나간다. 오체투지라는 보행법이다. 말이 순례자지 땅강아지와 다름없었다.

소수의 독립지사들에게는 카일라스 말고도 성지 하나가 더 있었다. 설산 너머 북인도에 있는 다람살라 망명정부였다. 거기서 정치지도자 달라이라마를 친견하고 친서 몇 통

받아오는 걸 성지순례 이상의 가치로 쳤다.

젊은 라마승 둑랑첸도 그중 하나였다. 둑랑첸은 해마다 한두 차례씩 다람살라에 다녀왔다. 합법적인 여권을 가지고 국경을 넘나들었다. 그는 티베트인들이 모아준 돈을 전달하고 그 답례로 달라이라마 사진과 친서를 받아와 전했다. 어느 날 중국 정부가 여권을 압수했다. 티베트 독립운동 지하조직 블랙리스트에 이름이 올랐으므로 더 이상 국경을 넘나들 수 없다는 통보와 함께. 둑랑첸은 단지 우편배달부라고 거세게 항의했지만 아무 소용이 없었다.

"둑랑첸, 젊은 그대는 이름처럼 하늘을 나는 용의 기상을 지녔구나. 조국은 그대의 충정을 히말라야산맥이 닳도록 기억한다."

달라이라마가 거늑하게 웃으며 해줬던 덕담을 잊을 수 없었다. 그 얼굴을 다시 볼 수 없고 그 음성을 다시 들을 수 없다니. 사는 게 의미 없었다.

내 발로 내가 가고 싶은 곳을 간다는데 누가 그걸 막아.

그해 여름, 둑랑첸은 배낭을 꾸렸다. 여느 때처럼 버스를 타고 서부티베트 국경으로 갔다. 당연히 출입국관리

사무소에서 제지당했다. 여권을 제시하지 못했기 때문이다. 짐 수색을 당해 돈과 편지들을 빼앗겼다. 달라이라마에게 편지 쓴 여러 독립지사들이 공안에 붙들려가 치도곤을 당했다.

사원에 연금된 둑랑첸은 절망했다. 무장투쟁도 아니고 평화를 기원하는 편지 전달이 왜 문제가 된다는 건지 알 수 없었다. 그러다 문득 현학이 떠올랐다. 자신의 뼈와 머리까지 비우고 튼튼한 근육을 만드는 한편, 명상호흡법을 익혀 산소가 희박한 히말라야산맥을 넘나드는 새였다.

그래, 그거야. 그곳엔 길이 없어. 지도에는 달랑 거대한 산맥으로만 표시돼 있을 뿐이지. 길이 없으니 막아서는 검문소도 있을 수 없고. 거기에 길을 만들어 가는 거야. 사람이 다니는 길을 막는다면 새가 넘나드는 길, 야크나 눈표범이 다니는 길로 넘어가는 거야. 7천 미터가 넘는 차단막 히말라야 설산을 넘어가는 거야. 얼마나 당당한 산치기인가.

그날부터 라마승 둑랑첸은 몸만들기 훈련에 들어갔다. 매일같이 카일라스를 오르내리며 체력을 키웠다. 우주의 중심이라는 성산 카일라스에는 수미단으로 불리는 바위

가로줄 틈바구니에 탑 하나가 서 있었다. 그 탑에 연필로 매일같이 선을 그어나갔다. 명상과 호흡으로 고통을 잊는 법도 익혔다. 동자로 출가한 이래 몇 차례나 바위동굴에 들어가 금식 수도한 적이 있는 그였다. 드디어 탑에 100개의 선이 그려졌다. 그날부터 둑랑첸은 기름진 고기를 먹고 몸에 지방을 비축하기 시작했다. 새는 높이 날기 위해 몸무게를 줄였지만 인간을 높이 오르기 위해 적당히 살을 찌워야만 했다. 몸에 지방을 쌓아둬야 추위도 잘 견뎌내고 지구력도 생겼다. 그걸 끌어다 태우며 설산을 넘는 것이다. 날개 없는 자의 비애이자 변통이었다.

둑랑첸은 홀연히 짐을 꾸렸다. 그리고 거침없이 설산에 달라붙어 짐승들이 다니는 길로 오르기 시작했다. 배가 고프면 마른 육포와 보릿가루를 먹고 눈뭉치를 베어 먹었다. 날이 저물면 눈밭에 구멍을 파고 들어가 침낭 하나로 버텨냈다. 동상 걸린 발가락이 썩어 들어갔다. 볼과 입술이 터지고 짓물러졌다. 급기야 헛것이 보였다. 그 높은 설산에서 사람 발자국을 만난 것이다. 그 발자국을 따라갔다. 히말라야 불곰의 집으로 이어진 발자국이었다. 꼭 사람 발자국을 닮아서 속은 거였다.

눈구덩이에 처박히기를 수 백 번, 그러나 포기하지 않았다. 포기는 죽음이었다. 만년설에 갇혀 냉동인간이 될 뿐이었다.

둑랑챈은 죽음 직전에 가까스로 히말라야를 넘었다. 그가 다람살라 망명정부에 도착했을 때, 동상 걸린 발가락 세 개를 잘라낼 수밖에 없었다.

"텐트도 없이 홀몸으로 산치기를 하다니! 용감한 그대는 과연 하늘을 나는 용이 분명하구나."

달라이라마는 붕대가 감긴 둑랑챈의 발에 키스했다. 그 순간 모든 고통의 기억이 열락으로 바뀌었다. 둑랑챈은 기쁨의 눈물을 흘렸다.

"큰 바다 스승이여, 저는 인간들이 그은 국경선과 금단의 선을 그냥 무시해버렸습니다. 그네들이 발급하는 여권이나 출입국절차는 그네들의 몫으로 돌리고 저는 제 절차를 따랐습니다. 저는 자동차나 비행기 같은 문명의 이기에 의존하지 않고 오로지 제 몸뚱이로 국경을 넘었습니다. 여권 없이도 당당히 넘어왔지만 아무도 저를 막지 못했습니다. 인간의 길이 아닌 짐승의 길을 택했으니까요. 거대한 천연 장벽을 지키는 병사나 공안은 아무도 없었습니다. 저는 하늘과 맞닿은 설산에 아무도 가지 않는 길을 개척했습니다. 수없이 죽을 고비를 넘겼지요. 눈사태를 만나 매몰될 뻔했고 천길 크레바스에 빠질 뻔했으며 얼어 죽을 뻔도 했지만 이렇게 살아서 당신 앞에 섰나이다. 제겐 별 쓸모도 없는 발가락 세 개만 초모랑마(에베레스트의 티베트 이름) 여신에게 건네주고서 말입니다. 길은 맨 처음 내는 게 어렵지 한 번 내면 수월합니다. 저에겐 현학의 날개도 없고 눈표범의 털가죽도 없지만 앞으로 줄기차게 그 길을 넘나들 겁니다. 이 피 끓는 심장이 식지 않는 한 설산을 넘는 고행을 그만 두지 않을 작정입니다. 바라옵건대 아무 죄 없이 속박된 내 조국도 속히 자유로워지기를!"

둑랑첸의 뜨거운 눈물이 달라이라마의 손등에 떨어져 연꽃을 피웠다.

둑랑첸은 다람살라에서 여름을 나고 겨울이 오기 전에 다시 설산을 넘었다. 그러다가 검독수리한테 공격당하는 할아버지를 목격했던 것이다.

"할머니, 둑랑첸은 불굴의 전사네요."

질라래비는 어느새 발가락에 잔뜩 힘을 주고 있는 자신을 발견했다.

"너도 그 수행자처럼 너만의 길을 만들어가거라."

"꼭 그럴 거예요!"

곧 비가 그치자 쌍무지개가 떴다. 동굴을 벗어난 둘은 쌍무지개를 향해 힘차게 비행하기 시작했다. 질라래비는 자신도 모르게 지난번 고공비행 훈련 때보다 더 높이 날고 있었다. 이상하게 가슴은 그리 아프지 않았다.

4. 기억의 지도

질라래비는 마가목 열매를 꼬박꼬박 챙겨먹었다. 식이
요법과 춤으로 몸도 차근차근 만들어갔다. 할머니와 둘이
서 틈틈이 알타이산 암각화 여행도 계속했다. 여행을 겸한
비행훈련이었다.

아빠와는 불편한 관계가 이어졌다. 오보 언덕에서 PT체
조하다 충돌했던 그날 이후로 아빠와 눈길이 마주치는 게
어색해졌다. 그래서 슬금슬금 피하게 되었다. 그러긴 아빠
쪽도 마찬가지였다. 둘 중 아무라도 먼저 손 내밀고서 미안
하다고 하면 풀릴 일인데 먼저 내밀기가 멋쩍었다.

마을 노장들은 수시로 오보 언덕에 모였다. 모두 나이 70이 넘은 어른들이었다. 그중에는 부족장이나 질라래비 할머니처럼 80세가 넘은 이들도 여럿이었다. 쇠재두루미 나이 80이면 이미 죽을 날 받아놓은 거나 다름없는 상노인 이었다. 인간으로 치면 100세였으니까. 그들은 기다란 목 을 빼고서 남으로 흘러가는 강물을 굽어보며 이야기보따 리를 풀어놓았다. 긴 생의 여로 동안 자신들이 보고 들은 것들이었다. 이야기가 끝나면 궁싯거리며 유유히 흘러가 는 강물을 향해 토올을 합창했다.

풍요로운 이 산하와 소담스런 들꽃을 노래합니다
조상의 숨결이 밴 이 달콤한 공기를 예찬합니다
저 찬란한 태양과 싱싱한 먹을거리를 축복합니다
우리가 나고 자란 고향과 겨울을 나는 남쪽나라
그곳을 잇는 푸른 하늘 길에 오색 무지개가 떴네요
날이 저물면 창공에는 노랗고 푸른 별과 흰 은하수
지구촌은 세세토록 약동하는 뭇 생명의 터앝입니다

위대한 대자연과 철새의 여로를 찬양하는 유장한 노래였다. 그 노래는 영원히 끝나지 않을 듯이 길래 이어졌다. 노래의 여운은 강물이 싣고 가고 바람이 데리고 갔다.

✳

"우리는 더 이상 쭉정이나 지저깨비로 남지 않을 작정이란다."

어느 날 원로회의를 마치고 돌아온 할머니가 가족들 앞에서 선언했다.

"뭔 말씀이세요, 어머니?"

엄마와 아빠가 소스라치게 놀랐다.

"늙은 게 벼슬도 아니고, 부족의 짐이 되지 않기로 했다는 애기다."

"짐이라뇨? 당치 않아요. 조상 없는 젊은이는 없어요."

아빠가 기겁을 했다.

"우리 솔직해지자. 히말라야산맥을 넘어가기 곤란한 건 꼭 질라래비뿐만이 아니잖니? 우리 같은 상노인들도 힘겹긴 마찬가지야."

"어머닌 건강하셔서 몇 년은 끄떡없으실 걸요?"

"고맙다, 애비야. 고백하자면 지난봄에 넘어올 때도 숨이 가빠서 죽는 줄 알았단다. 이젠 목숨 건 험한 노정은 피하고서 편하게 살다 가고 싶구나. 이건 내 생각만이 아니란다. 우리 부족의 많은 늙은이들이 편한 길을 택하기로 했거든. 왜 우리가 구닥다리 폐품 취급을 당해야 하니?"

"구닥다리 폐품 취급? 누가 그랬어요? 버르장머릴 뜯어고쳐놓고야 말겠어요. 뚜루 뚜루 뚜루룩—"

아빠가 격분해서 폴짝폴짝 뛰었다.

"진정하렴. 누가 그랬다는 게 아니라 사실이 그렇잖니? 해마다 늦가을 히말라야산맥을 넘을 때, 우리 같은 상늙은이들 몇몇이 꼭 애를 먹였질 않니? 자식들과 손자들은 할머니 할아버지 버려두고 갈 수 없다고, 그 어려운 고공비행을 수도 없이 반복해서야 가까스로 넘을 수 있었다. 우리를 놔두고 갔으면 훨씬 수월하게 넘었을 일을. 그렇더라도 다 넘어갈 수 있으면 얼마나 좋니? 그중에는 끝내 넘지못하고 버려져서 가족들의 가슴에 한을 남기기도 하잖니."

그건 사실이었다.

"어머닌 아직 정정하시잖아요."

"안 늙어보면 모른다. 난 끝까지 당당한 쇠재두루미로 남고 싶구나."

할머니는 히말라야산맥을 넘는 북인도 경로 말고도 두 경로가 더 있다는 걸 알아냈다. 원로들과 함께 잦은 회합 끝에 기억해낸 결과였다. 산맥이 상대적으로 낮은 부탄 경로와 해 뜨는 동남방 경로가 그것이었다. 부탄 경로는 티베트에 사는 다른 부족들에게 양보한 경로고, 동남방 경로는 환경오염 때문에 포기한 길이었다. 반세기 전까지는 동남방 경로가 가장 인기 코스였다. 먹을 게 풍성하고 기후가 따뜻해서였다. 험준한 산맥이 없는 경로라서 그곳으로 가볼 생각이었다. 그럼 늙었더라도 수월한 비행을 할 수 있다고 믿었다.

"아니, 어머니! 부탄 쪽도 아니고 그 오염된 나라에 가서서 폐암이라도 걸리면 어쩌시려고요? 우리 집안은 100세 유전자를 타고난 장수 가문이라서 부족의 다른 이들보다 10여 년은 더 사실 수 있어요. 그러지 마시고 북인도로 함께 가요. 결국 질라래비 때문에 어머니까지 제 명에 못 사시겠네."

승자의 역사만을 써와서 직선적 사고와 돌파력에 익숙한 아빠였다. 돌아가기나 물러나기 같은 건 잘 몰랐다.

"당신은 뭔 말을 그렇게 심하게 하는 거죠?"

엄마가 정색을 하고서 따졌다.

"나도 속이 상해서 그러는 거 아니오? 저 녀석 때문에 우리 가족이 뿔뿔이 흩어져 살아야 할 판이니까 말이오."

"그게 어디 우리 막둥이 질라래비 탓이에요? 늦둥이 둔 우리 잘못이죠."

"막둥이라니?"

"그럼, 막둥이죠. 당신 말대로 점점 환경도 나빠지고 우리도 많이 늙었어요. 지금껏 해마다 쳐온 새끼들이나 잘 돌봐요. 눈에 넣어도 안 아픈 우리 늦둥이더러 약하다고 윽박지르지나 말고요."

"당신, 용감한 내가 그리 좋다더니만 그새 맘이 변한 거요?"

"그래요, 변했어요. 당신이 정말 용감하다면 질라래비 훈련을 차근차근 잘 시켰어야 옳았어요. 그런데 못 시켰잖아요. 왜였을까요?"

"그야 저 녀석이 워낙 빙충맞고 내 맘도 약해서….'

"당신은 강한 아이들을 데리고 성공할 줄만 알았지 약한 우리 아이를 끌어올려 줄줄은 몰라요. 승자 위주라는 거예요. 그건 누구라도 할 수 있죠."

"헐! 뚜루룩!"

아빠는 뜨악해졌다. 그러거나 말거나 엄마는 이미 터진 봇물이었다.

"그거 알아요? 약자를 배려하고 성장하기를 기다려주는 지도자가 진짜 지도자예요. 급하다고 어린 싹을 잡아 빼올려서 억지로 키울 수는 없는 것처럼 우리 질라래비한테는 시간이 필요해요. 다른 아이들보다 두 배 혹은 서너 배나요. 그런데 당신은 당신 방식만 알아요. 지금도 그래요. 무작정 어머니 폐암 걸리실 걱정으로 화낼 게 아니라 보름이 걸리건 한 달이 걸리건 사전답사라도 하고 오겠다고 했어야죠. 그래서 안전하면 보내드리고 위험하면 부탄 쪽을 알아봐야 맞죠."

엄마는 조곤조곤 나무랐다.

"엄마 말씀이 옳아요. 아빠 높고 멋진 것만 찾지 마시고 수평적 사고를 좀 하세요!"

오빠와 언니들이 입을 모아 뚜루룩 뚜루룩 주문했다. 그들도 이미 새끼를 쳐서 아이들을 두고 있었다.

뻘쭘해진 아빠는 터덜터덜 물러나와 부족장네 집으로 마실 나갔다. 왜 이런 엉뚱한 결정이 내려진 건지 따져볼 요량이었다. 따지는 김에 왜 행복했던 가정에 공연한 분란을 일으키느냐, 그게 제대로 된 리더십이냐고도 준엄히 물을 참이었다. 어린이와 여성, 노약자를 배려하는 정책은 좋지만 부족의 생존문제를 향도나 여러 훈련대장과 한 마디 상의 없이 결정하는 건 대단히 잘못되었다.

남은 가족들은 시르죽은 막둥이 질라래비를 위로하느라 호들갑을 떨었다. 그래도 질라래비는 표정이 밝아지지 않았다. 이럴 때는 할머니의 옛날이야기가 특효약이었다. 할머니는 부족 어느 누구도 모르는 신기한 이야기를 기막히게 아셨다. 옛날이야기뿐만이 아니었다. 때로는 지구촌 구석구석의 최신 동향을 풍향계처럼 감지하기도 했다. 인간의 마을에 내려가 미디어를 엿듣고 오는 것인지, 아니면 바람이 전해주는 것인지 알 수 없었다. 미디어는 눈과 귀와 발의 연장이었다. 수 백리 수 천리 떨어진 곳 소식도 거의 동시에 보여주고 들려주었다. 그에 비해 조금은 늦지만 바람도 그 역할을 했다. 어느 쪽이건 할머니가 전달받아 재해석해주는 이야기들은 늘 새롭고 다채로웠다.

✳

"쉿! 숨죽이고 들어보렴. 너희들 외엔 누구도 못 듣게끔 가만가만 얘기해줄 테니까. 우리를 빚어냈다고 주장하는 조물주가 들으면 섭섭해 할 얘기란다. 까마득한 옛날에 우리는 도마뱀처럼 네 발로 기고 배로 땅을 밀며 다녔단다. 물에서 헤엄치듯 푸른 초원을 미끄러져 다닌 거지. 그러다가 몸을 점점 작고 가볍게 만들며 진화해왔단다. 뒷다리는 지금처럼 가늘고 늘씬해져서 성큼성큼 걸어 다닐 수 있게 됐고 앞다리는 날개로 변했어. 비늘은 깃털이 되었고 말이지. 그러다가 마침내 중력을 이겨내고 하늘을 날게 되기에 이르렀어. 기어 다니던 미물의 위대한 비상! 우리들 몸에는 그런 진화의 역사가 서려 있단다."

"까마득한 옛날이라면 대략 언제쯤인가요, 할머니?"

여러 손자들 가운데 하나가 나섰다.

"수억 년 전이라고 해야겠지. 세상에서 가장 높은 히말라야산맥이 아직 자랄 생각도 안하고 웅크려 있었을 때, 창해를 유영하는 고래가 숲속을 걸어 다니며 풀과 꽃잎을 따 먹고 있었을 때니까."

"와! 산도 나중에 컸고 고래도 원래는 땅에서 살았다는 거네요?"

"물론이지."

"인간들은 그때 어땠어요?"

호기심이라면 누구한테도 뒤지지 않는 질라래비가 그새 마음이 풀려서 물었다. 알타이 바위그림을 보면서부터 부쩍 인간에 대한 관심이 커진 질라래비였다.

"생물학자들의 연구에 따르면 약 3억 년 전쯤에는 인간들과 우리가 같은 무리였다는구나. 그 뒤로 독자적인 진화를 해왔는데 우리가 욕심을 덜어내고 점점 작아지는 동안 인간들은 탐욕스럽게 몸피를 불려나갔다지. 많은 동물들을 잡아먹고 그 단백질로 두뇌를 키우면서. 우리가 하늘을 날게 되는 동안 인간들은 똑바로 서서 걷는 법을 배웠단다. 그러다 날고 싶은 욕망을 다각도로 표현하기 시작했어. 배불뚝이 몸으로 공중부양을 시도하기도 하고 연을 만들어 날리는 한편 날틀을 만들어 벼랑에서 떨어지기도 했지."

"인간들 두 손은 우리들의 날개와 같은 건가요?"

"그런 셈이지. 인간들은 자유로워진 두 손으로 여러 가지 도구를 만들었어. 그러다 수레나 자동차 같은 탈것으로 이동하게 되었지. 날개도 없는 것들이 비행기를 타고 날아가기도 하고, 심지어 우리는 궁금해 하지도 않는 우주까지 우주선을 타고 날아갔지. 우주 쓰레기가 탄생한 거야. 우리가 가는 데는 고작 새똥 자국이 조금 남지만, 인간들이 가는 데는 바다고 산꼭대기고 우주까지 온통 쓰레기 천국이란다. 심지어 자신들이 직접 갈 수 없는 곳에까지 구석구석 쓰레기를 흘려보냈단다."

"와, 대단하다! 우주선 만든 인간들 멋져요."

질라래비는 우주선이라는 걸 타보고 싶었다.

"넌 그게 부럽니? 극단적인 과학주의는 심각한 환경오염을 불러들이는 법이야. 지금 이 순간도 그들이 쉬지 않고 만들어내는 산업쓰레기와 생활쓰레기, 시커먼 공해로 우리 새들의 영토가 점점 좁아지고 있다는 걸 왜 몰라."

"그래도 힘 하나 안 들이고 우주까지 날아가는 건 놀랍잖아요."

"힘 하나 안 들이긴 왜 안 들여? 허락도 없이 지구 속살을 파헤쳐서 얻은 광물과 에너지를 끌어다 쓰는 건데. 오로지 자신의 힘만으로 걷고 하늘을 나는 것이 더 정직하고 멋지다는 생각 안 드니? 무수한 생명들이 다 함께 사는 이 아름다운 대자연을 파괴하지 않고도 한 세상을 깔끔히 살다가는 겸손한 삶 말이야."

"할머니가 절 데려가시고자 하는 해 돋는 나라는 어떤 곳이에요?"

할머니 역시 별반 아는 게 없었다. 조상들이 겨울나기를 하고 왔던 곳, 거문고를 즐겨 뜯고 풍류를 즐기는 사람들이 사는 곳 정도로 알고 있었다.

"여러 원로들과 함께 복원해낸 기억의 지도가 아슴아슴하구나. 할미한테도 뭔가 개인적인 기억의 실마리가 있는 것 같기도 한데 너무 희미해. 그래서 곧 바이칼 호수로 여행을 떠나 볼까 한다. 너희들도 함께 갔으면 해."

"그곳이 바이칼 호수와 무슨 상관인데요?"

할머니는 시베리아 벌판에 초승달 모양으로 떠 있는 지상 최대의 담수호 바이칼 이야기도 해주었다.

❊

그곳은 바다다.

맑고 깨끗한 생명수가 넘치는 물의 천국이지. 호숫가에는 아름드리 소나무와 자작나무, 마가목 같은 타이가 숲이 끝없이 펼쳐지고 비밀스런 생명활동으로 활기차다. 왜 비밀스러운가. 호수도 숲도 드넓어 만남과 사랑, 출산과 성장 그리고 조용한 죽음이 보장되니까.

우리 부족도 오랫동안 거기서 살았다. 우리를 한없이 부러워하고 닮기를 소망했던 인간들도 이 바이칼에 생명줄을 잇고 살았다. 그러다 갑자기 빙하기가 찾아왔단다. 그 풍요롭던 생명의 자궁이 얼어붙어 몹시도 추워졌지. 우리도 인간들도 그 터전을 떠나 따뜻한 남쪽나라로 이주해갔단다. 대흥안령을 넘어 요하가 흐르는 곳으로. 인간들은 그곳에서 문명을 일으켰고 우리 부족도 거기까지 따라가서 살았지. 알타이산 기슭과 몽골초원, 멀리 티베트까지 가서 사는 무리도 있었고.

요하문명권 사람들은 우리를 길들여서 같이 사는 걸 즐겼단다. 궁궐이나 저택에서 우리와 함께 살며 풍류를 즐겼지. 그들이 다시 먼 훗날, 해 돋는 동방으로 이주하고 남방으로 내려갈 때도 길들인 우리를 데리고 갔어. 한반도에 살면서 그들은 고인돌을 만들고 우리 선조들과 함께 하늘의 별자리를 숭배했단다. 고구려의 음악가 왕산악이 거문고를 뜯었을 때 현학玄鶴이 날아왔다는 이야기가 있다. 그 현학이 바로 선학仙鶴이며 작은 재두루미, 우리 선조다. 거문고를 연주하니까 멀리서 날아온 게 아니라 한 집에서 살며 음악소리에 맞춰 춤을 춘 것이지. 욕심을 비우면 인간들도 우리와 친구가 될 수 있단다. 우리를 붙잡아 길들여서 함께 사는 것도 욕심이자 사치일 수 있지만, 자신을 비우고 허허롭게 날고픈 자유에 대한 갈망이니까 갸륵하지. 인간이 우리를 길들였다지만 생각하기 따라선 우리가 그들을 길들여놓은 거와 같아. 너희들도 아는 것처럼 뭔가를 길들였다는 건 그 뭔가에 스스로 속박되었다는 뜻이기도 하니까.

인간들은 현학인 우리 말고도 머리가 붉은 단정학도 즐겨 길렀단다. 학을 가장 좋아하는 족속들이 해 돋는 나라 사람들이야. 한국과 일본이지.

그런데 그들은 산맥과 강줄기, 들판을 앞 다퉈 훼손하기 시작했어. 산업화를 하느라 길을 뚫고 공장을 짓는가 하면 강물에 공장 독극물을 방류해버렸어. 더 많은 농산물 수확을 위해 맹독성 농약도 뿌려댔지. 레이첼 카슨(『침묵의 봄』을 쓴 여성 생물학자)의 경고는 옳았어. 방죽에서 물매화가 사라지고 냇가에서는 반딧불이, 농로에서는 쇠똥구리들이 자취를 감추기 시작했어. 그와 동시에 우리의 끔찍한 희생도 따랐단다. 들판과 강가에는 우리 부족들의 주검으로 처참했지. 인간들과 수억 년을 함께 살면서 처음으로 겪는 대참사였어. 그전에는 그런 일이 전혀 없었거든. 너희들도 아는 것처럼 여간해서 우리를 잡아먹지도 않는 인간들이야. 무엇에 눈이 뒤집혀서 그런 재앙을 자초했던 걸까?

우리가 '20세기 동남방 대참사'라고 부르는 그 사태 이후 우리는 그 경로를 미련 없이 버렸다. 어쩌다 본대에 합류하

지 못한 두루미들이 다른 새들 무리에 섞여 그곳에 가는 경우
가 더러 있었지만 공식적으로 완전히 포기해버린 경로란다.

※

"우리가 버린 그 땅 인간들은 그 뒤 어떻게 됐어요?"

질라래비는 그게 궁금했다. 많은 손자들 가운데 인간에
게 이렇게까지 관심을 보이는 아이는 유독 질라래비 밖에
없었다.

"막내 넌 지금 오지랖 넓게 인간들 걱정을 하는 거니? 우
리 걱정은 할머니가 그 끔찍한 곳으로 가셔야 한다는 거야."

다른 손자들은 할머니 걱정이 히말라야산맥만큼이나 높
았다.

"아토피와 호흡기질환, 각종 암 발병률이 급증했다고 들
었다. 최근에는 미세먼지로 시달리고 있다는 정도만 알 뿐
이야."

"그 끔찍한 곳에 왜 가시려고 하는데요, 할머니?"

질라래비는 이해할 수 없었다.

"그쪽 인간들과 우리는 참으로 많은 세월을 함께 살았

어. 옛 친구들의 자손들이 지금쯤은 어떻게 살고 있는지 보고 싶구나. 아마 그쪽 하늘엔 이곳과 달리 별이 거의 안 뜰 거야. 우리 같은 새들마저 하늘에 없다면 그네들의 삶이 얼마나 삭막하겠니?"

할머니야말로 애틋한 뭔가가 있어보였다. 할머니는 그 얘기는 해주지 않았다. 용골돌기가 부실해서 고공비행에 약한 질라래비를 배려하는 거라는 말 역시 하지 않았다.

✳

사흘 뒤, 할머니는 한 살배기 손자들을 데리고 바이칼 호수 탐방에 나섰다. 지난 봄 몽골 초원에서 태어나, 생일이 고작 보름 안팎 차이인, 한 집안 또래들로 구성된 탐방단이었다. 아직 장거리 여행도 히말라야산맥도 넘어가 본 적이 없는 아이들이었다.

탐방단은 동북쪽으로 방향을 잡았다. 사막이나 다름없는 몽골 초원을 이틀이나 날았다. 비옥한 시베리아 타이가 숲이 나타났다. 울창한 숲은 세상의 모든 나무들이 다 모여 있는 것처럼 보였다. 초원에는 양떼들이 평화롭게 풀을

뜨고 있었다. 그 너머로 시베리아의 푸른 눈이 보였다. 초
승달 모양의 바이칼 호수였다.

"아, 이곳은 천국이에요. 왜 우리 선조들은 이토록 아름

다운 곳을 두고 알타이산 기슭으로 옮겨 살았다죠?"

　질라래비는 오빠와 언니들보다 더 빨리 앞으로 치고나가며 외쳤다. 바다 위를 날고 있다는 착각이 들만큼 넓고 깊

었다. 바다처럼 갈매기도 날았고 바다표범도 자맥질했다.

"우리 고향도 충분히 아름답거든!"

언니 하나가 질라래비를 추월했다. 질라래비는 안간힘
을 다해 뒤쫓았다. 하지만 도저히 따라갈 수가 없었다. 질
라래비는 가슴 근육을 더 열심히 키워야겠다고 다짐하면
서 끝까지 뒤를 쫓았다. 손자들은 그렇게 바이칼 호수 위
를 맘껏 날았다. 물빛과 하늘빛이 맞닿은 수평선이 가도 가
도 끝없이 이어졌다.

"얘들아, 이제 그만 놀고 날 따라오너라."

할머니는 손자들을 호수 가운데 있는 알혼 섬으로 데리
고 갔다. 섬 전체가 바이칼 호수의 축소판으로 똑같이 초
승달 형태를 띠고 있다. 물의 초승달 속에 들어선 초승달
섬은 바이칼의 영혼으로 통했다.

초승달 북쪽 끝자락에 거대한 용 한 마리가 보였다. 용은
섬에서 빠져나와 푸른 보석 같은 물속으로 막 들어서고 있
었다. 뾰족뾰족한 머리에서 영성어린 빛이 뿜어져 나왔다.
보는 이를 매료시키는 신비한 빛이었다. 용의 머리 부위로
백사자의 갈기 같은 파도가 하얗게 부서졌다. 그 파도소리

가 용의 울음소리로 들렸다.

"샤먼바위란다."

할머니는 그곳이 브리야트 원주민들의 기도처라고 했다. 용머리 같은 바위 봉우리 속에 동굴이 하나 있는데 거기서 하늘의 뜻을 전해 받는단다. 용은 봉황과 함께 이들이 숭배하는 상상의 동물이었다. 용과 봉황 숭배는 남쪽나라로 점점 퍼져나가 지금은 아시아 전체가 공유하고 있었다.

샤먼바위 위에서 그린나래를 펼치며 맴돌고 있는 할머니는 봉황처럼 우아했다. 붉은 눈 뒤쪽에 난 흰 깃털은 빛났고 목 아래로 길게 드리워진 검은 깃털은 바람에 깃발처럼 날렸다. 질라래비는 문득 고귀한 용과 봉황의 실체가 바로 이 장면일 수도 있겠다는 생각을 했다. 이 쪽빛 하늘과 호수 한가운데서 용과 봉황이 만났다. 파도가 부서지는 용머리에서는 해조음이 철썩철썩 울려 퍼졌다. 용은 노래하고 봉황은 춤을 춘다. 장엄하고 평화롭다.

다른 형제자매들 누구도 생각해내지 못한 거였다. 질라래비는 언제까지고 이 장면을 잊지 않기 위해 눈여겨 담아두었다. 먼먼 조상들의 본향 바이칼에 여행 와서 건져낸

진귀한 장면이었다.

"전설의 부족장 안식구 할멈, 오랜만에 오셨네."

샤먼바위 동굴이 깊은 울림이 있는 목소리로 인사했다. 할머니는 동굴 앞에 내려앉았다. 손자들도 차례로 내렸다.

"총생들이 번창했구먼."

"그렇답니다, 샤먼바위님. 얘들아, 인사 올리렴. 바이칼의 주인장이시다."

할머니의 말에 손자들이 한쪽 날개만 펼쳤다 접으며 우아한 인사를 올렸다.

"복덩이들이로다. 기특하기도 하지. 뿌리를 잊지 않아야 새로운 터전을 개척할 수 있는 거란다. 근래에는 본향을 찾아 여기까지 오는 한국인들이 부쩍 늘어서 내가 그냥 몸살이 날 정도야. 그네들도 뿌리 찾기 열풍이 불었나봐."

그러면서도 싫지 않은 표정을 지었다.

"샤먼바위님, 저와 제 막내손녀딸 질라래비가 그곳에 가서 겨울을 날까 합니다. 부디 먼 길 아무 탈 없게끔 굽어살펴주소서."

할머니는 날개를 펼쳤다가 앞으로 오므리며 경배했다.

질라래비도 엉겁결에 따라했다.

"질라래비도 본향 순례하는 거로구나? 잘 다녀오렴. 내
년 봄에 돌아오거든 다시 찾아와 인사하는 거 잊지 말고."

그곳이 본향이라니. 질라래비는 그게 뭔 말인지 잘 몰랐
다. 하지만 굳이 할머니에게 묻지 않았다. 그저 막연히 고
향보다 더 오랜 장소려니 싶었다.

할머니는 귀로에 야간비행을 택했다. 지상의 검은 숲과
천상의 흰 은하수 사이를 누비는 야간비행이라니! 꿈길이
아니고 뭐겠는가.

"얘들아, 이거 하나씩 입에 물으렴."

자작나무와 소나무가 빽곡한 타이가 숲에서 오물(바이칼의
대표 생선)로 이른 저녁을 먹고 떠날 채비를 하는데 할머니가
도토리만 한 나무 조각들을 내밀었다. 자세히 보니 말라비
틀어진 고기였다.

"왜 그 딱딱한 고기를 물라고 해요?"

오빠 하나가 물었다.

"고기 아니니까 입에 물고 날아라."

"먹으라는 게 아니고요?"

"그래, 삼키지 말고 입에 물고 가라고."

"뭐하려고요?"

"참 말들도 많구나. 누가 쉬지 않고 조잘대는 쇠재두루 미 자손들 아니랄까봐. 좀 입 다물고 직수굿하게 따를 순 없는 거니?"

할머니가 모처럼 언성을 높였다. 그때서야 손자들이 조 각을 물기 시작했다.

"에고고, 이건 마른 버섯조각이잖아요. 뚜루 뚜룩."

이번에는 언니 하나가 퉤퉤 뱉어내며 외쳤다.

"쉿! 조용히 좀 하고 어서 입에 물으렴. 안 죽으니까."

할머니가 조용히 일렀다.

"뚜루 뚜루루. 향긋한데요."

질라래비가 옹알이하듯 속삭였다.

"다 물었으면 지금부터 야간비행을 시작한다. 생명줄 같 은 그 버섯조각 떨어뜨리는 일이 없도록! 할머니가 나중 에 검사해서 없는 녀석들은 다음번 여행 때 안 데리고 갈 거야."

그 말에 모두들 입을 다물었다. 할머니가 힘차게 땅을 차고 오르며 타이가 숲을 벗어나자 손자들도 뒤따랐다.

"버, 버, 버서…조가기 왜…새….."

옆에서 나란히 날던 언니가 질라래비한테 대고 웅얼거렸다. 이깟 버섯조각이 왜 생명줄이라는 거냐고 묻고 싶은 모양인데 말이 잘 나오지 않아서 답답해했다. 그렇다고 시원하게 내뱉으면 버섯조각이 튀어나갈 판이었다.

"마, 마, 마하지…마라… 뚜룩!"

말하지 말랬다고 일러주려다가 질라래비는 하마터면 버섯조각을 떨어뜨릴 뻔하고서 입을 뚝 다물었다. 이후로 어둠 속에서 날개 퍼덕이는 소리 외엔 어떤 울음소리도 들리지 않았다. 은하수가 흐르는 별밤의 고요한 야간비행은 그렇게 꿈결처럼 이어졌다.

다음 날 아침 입안 검사를 하며 할머니가 일러줬다.

"할미는 어제 석양 무렵 우리를 노리는 독수리들을 보았단다. 너희가 겁에 질릴까봐 아무 말도 안 헌 거다. 저녁식사 후 너희들이 쉬는 틈에, 할미는 숲을 뒤져서 마른 버섯조각을 찾았단다. 너희들 입에 물려줘서 야간비행 내내 조용히 따라오게끔 말이다."

"아, 그런 깊은 뜻이!"

손자들이 모두 놀라며 경의를 표했다.

"우리 두루미 종족은 여러 가지로 우월하다만 한 가지 심각한 단점이 있단다. 그냥 두루미건 재두루미건 우리처럼 몸집이 작은 쇠재두루미건."

할머니는 평소 아빠나 부족장, 여러 훈련대장처럼 쇠재두루미 부족에 대한 자부심이 넘쳤었다. 그런데 오늘만큼은 못난 점을 얘기할 모양이었다. 손자들은 바투 다가와 귀 기울였다.

"……?"

"공중을 날 때 수시로 조잘거리는 거다. 향도가 이끌면 그냥 말없이 따르면 되는데 자기감정을 쉴 새 없이 말로 표현한다. 여기저기서 뚜루루 뚜루루 쉬지 않고 대꾸한단 말이다. 심지어는 달빛 타고 가는 야간비행에서조차 고요를 즐길 줄 모르고 시끄럽게 굴지. 그건 천적들에게 우리 존재를 노출시키는 자살행위와 같아. 길목을 지키는 검독수리들이 그 소리를 듣고 냉큼 사냥하니까 말이다. 어리석은 노릇이지. 여기 나 있으니 잡아가요, 하고 신고하는 바보 얼간이 짓이고! 너희들은 결코 잊지 마라. 가장 시끄러운 놈이 가장 먼저 제물이 된다는 사실을! 참 이해할 수 없는 게, 해마다 그 참사가 반복되는데도 도무지 침묵할 줄을 모르거든."

할머니는 쇠재두루미 족속이 늦가을과 이른 봄 히말라야 산맥을 넘나들 때, 길목을 지키고 있던 사나운 검독수리의 첫 번째 먹잇감이 되는 까닭을 일러주었다.

아, 눈물겨운 조상의 내리사랑이여. 백 년 가까이 살아온 어른의 지혜란 이런 거로구나. 너저분한 말이 필요 없는 실생활의 가르침. 말로 주의 주며 다그친다고 해서 조잘대기 좋아하는 꼬맹이들이 조용할 수 있겠는가. 버섯을 입에 물리고 날게 하면 고기 맛이 우러나 든든한 느낌을 줄 뿐만 아니라 자발 맞게 지저귀지 못해서 천적으로부터도 자유로웠다. 마른 버섯은 무게도 못 느낄 만큼 가벼워서 최적이었다. 이 간단한 침묵의 비법은 고공비행 명문가의 비밀 병기가 아닐 수 없었다.

5. 할머니가 바래다줬어요

가을이 왔다.

알타이산의 가을은 산양의 잘록한 꼬리만큼이나 짧았
다. 무더위 틈으로 까칠한 찬바람이 파고드는가 싶더니 어
느새 대지가 노랗고 붉게 물들어버렸다. 하늘을 향해 순수
하게 뻗어 올라간 숲의 귀족 자작나무 이파리들도 황금빛
이 되었다. 늦가을 햇빛을 반사한 순백의 둥치와 황금빛 이
파리의 광채가 눈부시다. 보는 이를 상승시키는 빛의 조화
다. 바야흐로 천상에 오르기 좋은 계절이었다.

이곳은 첫서리와 첫눈이 거의 동시에 내린다. 그러면 인

간들도 짐승들도 나무들도 겨울날 채비로 바빠졌다. 쇠재
두루미들도 멀고 긴 여행준비에 들어갔다.

부족장은 편대를 셋으로 나눴다.

제1편대는 늘 다니는 히말라야산맥 너머 북인도팀, 제2
편대는 부탄 샹그릴라팀, 제3편대는 한반도 혹은 일본팀
이었다. 대다수가 제1편대에 속했다. 제2편대도 꽤 많았
다. 원로들과 어린이들이 속했다. 그러나 제3편대에는 지
원자가 없었다. 할머니와 질라래비 달랑 둘뿐이었다. 늙
거나 어리다 하더라도 용골돌기가 정상인 쇠재두루미들
은 굳이 '20세기 동남방 대참사'의 현장으로 찾아들어갈
이유가 없었다.

"어머니, 차라리 제2편대에 합류하시죠. 동남방 경로는
아무래도 아닌 것 같아요."

아빠는 질라래비의 빈약한 가슴을 흘낏 훑었다. 그 가슴
으로는 제2편대도 무리로 보였다. 질라래비를 생각하면 동
남방 경로가 수월한데 문제는 환경오염이었다.

"걱정 마라. 그곳에 여전히 사람이 살고 있다면 절망은
일러. 네가 우리 걱정을 어떻게 안할 수 있겠냐만, 에미를

믿고 너는 부족들 건사나 잘하렴. 내년 봄에 여기서 반갑
게 만나자꾸나."

할머니는 언제나 그랬던 것처럼 의연했다.

"어머니, 고집 그만 피우세요. 제가 들은 바에 의하면 그
곳은 은하수와 반딧불이는 물론 쇠똥구리도 씨가 말라버
렸대요. 공해와 농약에 내성이 생긴 독종 괴물들만 버텨낸
다는군요. 왜 그런 데로 가보시겠다는 건가요!"

아빠는 이미 정해진 일인데도 아직까지도 받아들이려 하
지 않았다. 그는 부족장에게도 쏘아붙였다.

"부족장님! 당신이 틀렸습니다. 늘 해오던 대로 그냥 이
쪽에서 저쪽으로 넘어가면 되는 일이었어요. 약자는 후미
에 붙어서 편승하면 되고, 그마저도 못하면 조직을 위해
희생하면 끝이었어요. 설령 내 자식이라도 마찬가지죠. 그
게 자랑스런 우리 부족의 규칙이자 이동의 역사였어요!"

아빠의 성토는 준엄했다.

"여부가 있겠나. 난 조상들이 닦아놓은 전통의 길을 못
지켰네. 부족장의 자격을 잃었단 얘길세."

"......?"

"그러니 이제부턴 자네가 맡아서 우리 부족의 영광을 이어나가주게."

묵묵히 듣던 부족장은 갑자기 그의 직위를 아빠에게 넘겨줬다. 이럴 요량으로 성토했던 건 아닌데 아빠가 부족장이 되어버린 것이다. 여기저기서 박수가 나왔지만 질라래비 가족들은 민망했다. 부족장 승계는 이렇게 하는 게 아니었다. 원로회의에서 추대 받아 전 부족 구성원 앞에서 대관식을 거행하는 게 관례였다. 하지만 이건 전임자나 후임자 모두 불명예였다. 아니, 전설적인 가문의 불명예였다. 가문의 명예를 실추시키고 이 모든 분란을 야기한 입장에서 질라래비는 아무런 말도 할 수 없었다. 엄마는 막둥이 질라래비를 애처로이 끌어안았다. 할머니도 다가와 같이 안아주었다.

✻

편대별로 마지막 비행훈련에 돌입했다. 식이요법은 모든 구성원에게 필수였지만 여름과 가을에 너무 잘 먹어서 비만해진 무리는 다이어트 프로그램까지 겸해야 했다. 고공비행이 쉽도록 몸무게를 줄여야 했다. 우선 먹이주머니부터 작게 만들었다. 경우에 따라서는 뼛속까지도 비워야 7천 미터가 넘는 산맥을 넘을 수 있었다. 부력을 높이기 위해서 공기주머니도 두 개로 나눠 키웠다. 눈물겨웠다. 삶이 곧 수행이나 다름없었다. 어르신들과 아이들은 명상호흡법으로 산소가 희박한 공중비행에 대비했다.

장거리 여행자에게는 지도가 필요하다. 낮의 태양, 밤하늘의 별자리는 강과 산맥 같은 지상의 표지들만큼이나 중요한 단서였다. 경험 많은 고수들은 그 단서들을 잘 기억하고 있었다. 새들의 머릿속에는 작은 광물 조각들이 들어 있다. 그 광물 조각으로 지구 자기장을 감지했다. 굳이 집단 모두가 여행 지도를 지니고 있지 않아도 된다. 무리 가운데 하나라도 알고 있으면 뇌파를 이용해 모두에게 전송할 수 있으니까. 설령 아무도 모르는 길이라도 큰 문제가 안 된다. 물려받은 몸에 조상의 기억이 서려 있기 때문이다. 그 기억을 더듬어 길을 찾아가는 것이다. 우월한 진화종족인 새들만의 신체기능이다.

무서리가 내린 날, 부족들은 세 방향으로 흩어졌다. 겨울나기 여로는 철새들이 해마다 치르는 일이었지만 올해 늦가을은 이별의 아픔이 더해졌다. 하지만 요란한 별리의 식 같은 건 없었다. 다시 만날 것을 기약하고 헤어지는 마당에 울고불고 청승을 떠는 건 덜 진화된 종족들이나 하는 짓이었다.

"엄마, 제 걱정은 말아요. 우린 따로 겨울나고 꼭 다시 만날 거니까요. 그간 할머니가 챙겨주신 마가목 열매와 엄마의 건강식단 덕분에 많이 좋아졌어요."

"우리 질라래비 벌써 다 컸네."

엄마는 눈웃음을 치며 당신의 볼을 가져다가 질라래비의 볼을 문댔다. 질라래비는 안 보였지만 엄마의 두 눈에서 굵은 눈물이 몇 방울 떨어졌다. 부족장 역할을 하느라 여념이 없는 아빠는 고개를 길게 늘여 빼고서 질라래비 쪽을 쳐다보았다.

가족들을 떠나보내고 질라래비는 마음이 걸렸다. 아빠와 작별인사를 못 한 것이 후회스러웠다. 지난 번 불화 이후로 서먹서먹하게 지내다가 그만 어색한 이별을 하고 말았다. 먼저 다가가 아빠, 하고 불러만 줬어도 될 일이었다.

그 쉬운 걸 못했다. 평소 그토록 많은 말을 하고 살았으면서도 정작 필요한 말 한 마디는 끝내 하지 못한 것이다.

"할머니, 저 나쁜 아이 같아요."

질라래비는 남서쪽 하늘 가장자리로 가물가물 멀어져가는 편대를 애틋한 눈길로 더듬었다.

"네가 나쁜 아이면 네 아빠도 나쁜 아빠가 되는 거란다. 할미가 보기엔 내 아들도 내 손녀딸도 모두 좋은 자손인 걸. 아빠가 뭐라고 당부하고 떠났는지 아니?"

"……?"

"내년 봄에 꼭 네 남자친구 하나 잘 골라오겠다고 하더라."

"아빠가요?"

"아빤 널 여전히 사랑해서. 무조건 사랑만 퍼붓다가 무리하게 훈련시켜 데려가려다가 일이 틀어진 것뿐이야. 여하튼 누구 잘못도 아닌 거 같구나. 네 아빠는 전통을 지키며 성공신화를 계속 써나가고자 했고, 너는 너 자신을 표현하면서 자신만의 길을 가고자 했지."

"아빠의 그 맘 알 것도 같아요. 하지만 저는 지금 이대로의 삶이 좋아요. 왜 모두가 하나의 목표를 향해 날아가

야 하는 거죠? 하루하루 즐겁게 살아가면 그뿐인 거죠. 목
표는 저마다 처지에 맞게 달리 정해야 하는 거 아닌가요?"

"그래서 할미가 네 편이 돼준 거 아니겠니? 아무렴, 그
렇고말고. 넌 용기 있는 아이야. 우리 부족의 오랜 관행을
바꿨어. 우리도 이제 그만 떠나자꾸나."

"고마워요, 할머니."

"내가 고맙지. 너무 오랫동안 잊고 지냈던 동방여행을
하게 됐으니. 오늘은 우리가 활동하던 영역이니 낮에 날지
만 내일부터는 주로 야간비행을 할 거란다."

할머니가 앞장서 날면서 일렀다. 할머니를 따르면서 질
라래비는 자작나무숲과 오보 언덕, 호숫가의 정든 여러 친
구들과 뚜루루 뚜루루 작별인사를 했다. 혹독한 겨울 칼바
람 조드와 맞서며 고향을 지키는 그들에게 자못 미안했다.
말이 철새지, 남쪽으로 도망갔다가 칼바람의 독 기운이 빠
진 봄날에야 돌아와 천연덕스레 짝짓기하고 새끼 치는 얌
체족들이었다. 이유는 분명했다. 살아남기 위해서. 그 이
유 하나면 어떤 것도 용서되었다.

"이렇게 태양과 마주보고 비행하는 건 고역이야. 늦가

을이라도 한낮의 햇볕은 강렬해서 우리 눈을 아프게 한
단다."

"지금도 눈부셔요."

"저 햇볕 말고도 우리가 피해야 할 천적이 있어."

"독수리잖아요."

"옳아. 순간시속 300킬로가 넘는 놈들의 재빠른 날갯짓
과 사나운 발톱을 피하자면 아무래도 야간비행이 안전하
지. 독수리들은 낮에는 하늘의 제왕으로 군림하지만 밤눈
이 어두워서 야간활동을 할 수가 없거든."

"낮에도 소리만 안 내고 날면 많이 안전하죠?"

"여부가 있겠니. 아무것도 아닌 거 같지만 작은 버섯조
각 하나 물고 날기가 우리 가문 자손들이 독수리 먹이가
되는 걸 예방해온 셈이지. 진리는 늘 가깝고 평이하단다."

질라래비는 지혜로운 가풍이 자랑스러웠다.

둘은 알타이산맥을 따라 남동쪽으로 비행했다. 거대한
도시 울란바토르 쪽은 피하기로 했다. 황량한 산자락과 벌
판이 펼쳐졌다. 날이 저물 무렵, 붉은 바위산과 모래 언덕
을 만났다. 예전에 공룡이 살았다던 홍그린엘스였다. 하지

만 이제 울창한 숲의 기억은 더 이상 찾아볼 수가 없었다. 숲이 사막이 되듯 생태 안전지대가 점점 위험지대로 변해 가는 것만 같았다.

"모래가 노래하고 춤춰요, 할머니!"

질라래비는 짝패를 만난 것처럼 반가워했다. 정말 모래가 노래하고 춤췄다. 모래 언덕은 바람의 넋을 새겨두려는 듯 벌거벗은 몸으로 바람을 온전히 받아들이고 있었다. 그 사품에 언덕이 조금씩 움직였다. 바람이 등 떠미는 데로 움직이는 느린 걸음걸이였다. 질라래비는 신비한 모래의 춤을 감상하느라 한참을 선회했다.

"너무 낮게 내려가진 마라."

할머니는 모래바람이 손녀딸의 날개를 잡아 채 달아날까봐 경계했다. 세상의 모든 황홀한 것들은 반드시 대가를 치르게끔 돼 있다는 걸 아직 모르는 질라래비였다. 할머니는 손녀딸을 채근하여 비행을 계속했다.

한 시간 뒤쯤 할머니는 곧 습지를 발견하고 그곳에서 숙영하기로 했다. 물도 마시고 작은 물고기로 요기도 했다. 인간의 마을, 그것도 커다란 도시가 가까이 있어서 물은 그리 맑지가 못했다. 질라래비는 토가 나왔다. 할머니는 참고 적응해야 한다고 일렀다. 이 정도 수질이면 그리 나쁜 편도 아니라고 했다. 고향에 있는 하르 오스 호수나 바이칼 호수 같은 맑은 물은 세상에 거의 없단다. 생활폐수나 산업 독극물로 오염된 물이 대부분이라는 것이었다.

다음 날은 종일토록 습지에서 날개를 쉬며 한가롭게 노닐었다.

날이 저물자, 다시 비행이 시작되었다. 어둠은 고요와 통한다. 할머니가 일러준 침묵과도 단짝이었다. 낮 동안의 부유분진 같은 시끄러움은 깊은 어둠 속에 가라앉고 천지는 원시의 고요에 휩싸인다. 끝없이 펼쳐진 검푸른 하늘비단 위로 별들이 총총 수를 놓는다. 거기에 두 줄기 날갯짓이 더해졌다. 부리 끝과 눈꺼풀에 와 닿는 싸늘한 밤공기는 달았다. 질라래비는 명상세계를 헤엄치는 느낌이었다. 지평선 너머 멀리 노랗고 붉은 빛이 솜사탕처럼 부풀었다.

"도시에서 번져 나오는 복사광이란다."

"천상의 은하수보다 아름다워요."

"더 다가가면 보석처럼 보이지. 내가 문명사회를 꺼려하

면서도 어쩔 수 없이 매료되곤 하는 게 저 가로등 밝힌 도시의 길이란다. 높은 하늘 길에서 내려다보는 도시의 길들은 교향악 악보 같거든. 그 길을 보며 날갯짓하노라면 음악소리가 들려. 세상의 모든 길들은 저마다 숱한 사연이 담겼는데 저녁이면 그 사연들이 노래가 되어 흐르는 거 같아."

그 순간 할머니는 음유시인이었다. 질라래비는 천 가지 재주를 지닌 할머니와 단둘이서 낯선 세계로 떠나는 여행길이 생애 최고의 선물로 여겨졌다. 도시가 가까워지자 질라래비는 가만가만 날갯짓을 하면서 그 음악소리에 귀 기울였다. 음악소리는 도시에서 흘러나오는 게 아니었다. 그 자신의 내면에서 울려나오고 있었다. 신기한 건 도시를 지나쳐 시야에서 길이 사라지자, 더 이상 음악소리는 들리지 않는 거였다. 뇌파로 할머니의 상태를 체크했다. 할머니도 똑같았다. 이런 황홀한 교감 때문에 할머니는 인간에 대한 남다른 애증이 있는 모양이었다. 그들이 환경을 파괴하는 건 밉지만 다른 존재들이 결코 흉내 낼 수 없는 독특한 영역을 지녔다고 믿었다.

"인간들이 일으킨 문명에서 제일 잘했다고 생각하는 게

바로 저런 길을 만든 거란다. 길은 공감의 회로 같은 거니까. 이 세상은 숱한 차단의 장벽으로 이뤄졌단다. 그 장벽을 넘나드는 일이 얼마나 힘겹더냐? 우리 부족이 목숨 걸고 넘나드는 히말라야산맥이 대표적이지. 다른 동물이나 식물들은 그 장벽들을 그대로 두고 어렵사리 넘어가지만, 인간들은 그곳에 길을 낸다. 힘들게 내지만 한 번 내놓으면 이후로 편하게 다닐 수 있지. 위대한 발상이다. 다만⋯⋯."

할머니가 예찬하던 말꼬리를 가무렸다.

"⋯⋯?"

"다른 생명들과 소통하는 길은 왜 막고 있는지 그걸 이해 못하겠다. 본래는 우리와 똑같이 지녔던 공감능력이 점점 퇴화되는 것 같아 안타까워. 인간들이 우리에게서 음악소리를 듣고 자유와 평화를 떠올린다면 얼마나 좋겠니?"

"그걸 놓친다면 인간은 바보예요!"

"그러게 말이다."

"할머니, 그런데 왜 낮에는 길에서 음악소리가 나지 않는 걸까요?"

질라래비는 그게 이상했다.

"밤에는 들렸었고? 지난번 바이칼 다녀올 때도 우린 야간비행을 했었다."

"정말 그랬네요. 그땐 안 들렸었는데 이젠 음악소리가 들려요!"

질라래비는 날개로 머리를 툭툭 쳐보였다.

"얘야, 영특한 내 새끼야. 너처럼 잠자던 감각은 깨워야만 귀도 열리고 눈도 열리고 마음도 열리는 거란다."

"감각소생술 같은 걸로요?"

"호호호, 감각소생술, 멋진 말이로구나. 본래는 모든 생명이 공감능력을 가졌으나 어쩌다 닫혀버린 종족이 있다면 감각소생술로 일깨워줘야겠지. 자극은 다양해. 우리가 그 자극이 될 수도 있어. 살아난 감각으로 사물을 대하면 모든 사물이 소리를 낸다는 걸 알게 돼. 아는 것뿐만 아니라 그 즉시 뇌파로 전해져 공명하는 거란다. 서로 공명하지 못하면 자꾸 불협화음을 내게 되고 결국엔 다투게 되지. 세상과의 친화와 불화는 모두 거기서 비롯된단다."

"인간은 어떤 동물보다 똑똑해 보이는데 왜 상대의 소리를 안 들으려 하는 거죠?"

"아만 때문이지. 애초 듣는 훈련을 받지 않아서이기도 하고."

"아만요?"

"자신을 스스로 높다고 여기고 잘난 체 하는 것이지. 아무도 그렇게 생각하지 않는데 저 혼자서만."

"하하하, 우스꽝스럽네요. 누가 높거나 낮은 게 아니고 모두가 같은 생명 가운데 하나일 뿐인데."

"영특하기도 하지. 네가 춤을 즐겨 출 때부터 할미는 알아봤단다. 춤을 추면 공감능력이 좋아지는 법이거든. 공감능력이 좋으면 아주 가만가만 말하는 사물과 자연의 소리를 들을 수 있지. 스스로 알아듣지 못하면 훈련받아야 해. 죽을 때까지 배우고 익혀야 삶이 윤택해져."

사는 게 그리 간단한 게 아니었다. 보고 듣고 먹고 말하는 게 그냥 막하면 되는 게 아니었다. 하나하나 그 이치를 배워야 제대로 된 삶이라는 걸 절감했다. 밤이 깊었는데 하나도 졸리지가 않았다. 오랜 날갯짓을 해오는데도 피곤하지가 않았다. 오히려 힘이 샘솟았다. 미지의 세계에 대한 동경과 전혀 알지 못했던 것들을 온몸으로 깨우쳐가는 즐거움이 준 선물이었다.

새벽녘에 깜박 졸았다. 반 발쯤 앞서서 날아가는 할머니를 놓친 게 아닌가 싶어서 화들짝 놀랐지만 행렬에서 벗어난 건 아니었다. 무의식중에도 본능적으로 할머니 뒤꽁무니를 따르고 있었다. 뒤꽁무니를 바짝 붙어 나는 건 힘을 아끼는 일이었다. 공기저항을 덜 받을 뿐더러 신경을 곤두세우지 않아도 되기 때문이다. 물론 졸면서 날기도 용이했다.

"더 자지 그러니?"

할머니가 뒤를 돌아보았다. 할머니는 질라래비가 졸며 날았다는 걸 훤히 알고 있었다. 뒤로 뻗은 발가락 끝에 눈이라도 달린 것처럼.

"아니에요, 할머니. 잠깐 졸았을 뿐 자지는 않았어요."

질라래비는 겸연쩍었다.

"넌 더 많이 자면서 날 수 있어야 해. 그래야 야간비행의 묘미를 알게 돼."

할머니는 단일반구 수면이라는 걸 알려줬다. 좌뇌와 우뇌 가운데 어느 한쪽만 수면 상태로 하고 다른 한쪽은 깨어 있게 하는 비법이었다. 한쪽 뇌는 쉬도록 하고, 다른 뇌는 활성화된 채로 놔둔다. 자연히 쉬는 쪽 눈은 감기고, 깨어 있는 쪽 눈은 뜨게 된다. 이를 번갈아하면 밤새 날 수가 있었다. 실제로 그렇게 해보니 그리 어렵잖게 되는 것이었다. 질라래비는 환희에 차서 함성을 질렀다.

"돼요. 할머니, 저도 그게 돼요!"

문명을 일으키고 길을 만든 인간이 위대하다고?

질라래비는 그 어떤 도구도 필요 없는, 이렇게 우월한 공감능력과 신체기능을 타고난 자신이 자랑스러웠다.

동녘에 여명이 비치자, 할머니는 빈 들녘 어느 강가에 내려앉았다. 늦가을이었지만 여름 장마철 흙탕물처럼 뿌옇기만 했다. 할머니가 조심스럽게 목을 축인 뒤, 먹을 만하다고 안심시켰다. 한 모금 마시던 질라래비가 재채기를 했다. 목울대가 부르르 떨렸다. 벌써 고향의 맑은 물이 그리워졌다.

"적응해가렴. 안데스산맥 우유니 소금호수에 사는 홍학도 있는 걸. 그 짠물을 마시고 살면서도 너처럼 수시로 춤춘단다. 춤은 필터이자 최고의 양념, 춤추면 질이 좀 떨어

지는 음식도 음악처럼 감미로워져. 찌푸리고 먹으면 산해
진미도 독이 되는 거고."

질라래비는 흥이 난 것처럼 몸을 흔들면서 물을 마셨다.
그랬더니 흙탕물도 그런대로 마실 만했다. 밤새 날아오느
라 허기가 졌다. 부리로 물고기를 잡아 요기했다.

할머니는 키 큰 갈대밭에 잠자리를 봤다. 삵이나 늑대 같
은 맹수가 없음을 확인한 다음, 물이 흥건한 갈대숲을 은
폐물 삼아 선 채로 단잠에 빠져들었다. 물속이라야 맹수들
이 잘 접근하지 않았다. 살얼음이 엉길 만큼 물이 차디찼
지만 진화가 잘된 쇠재두루미들은 끄떡없었다.

오후에 잠이 깼다. 둘은 저녁이 올 때까지 들판을 거닐
며 낟알 모이를 주워 먹었다. 농약 성분이 약간 남아 있었
지만 치명적인 정도는 아니었다.

"배가 좀 고프더라도 너무 많이 먹지는 마라. 몸에 좋을
게 없는 불량식품이니까. 하버드 보건대학원 건강식에서
말하는 통곡물은 자연농이나 유기농 곡식을 일컫는데 이
지역 농사꾼들은 아직 그 수준이 낮은 모양이다. 질 좋은
농산물이 안 보여."

할머니의 세심한 주의력 덕분에 질라래비는 안심이었다. 장거리 여행길이 그리 고달프지도 않았다. 그래선지 엄마와 식구들 생각이 나지 않았다. 할머니는 밭두렁에서 모가지가 늘어진 몇 포기의 개밀을 발견했다. 야생밀이어서 농약은 안 쳤지만 쭉정이가 대부분이고 알곡이 적었다. 할머니는 그 밀알들을 온전히 손녀딸이 먹도록 했다. 자신은 내 새끼 먹는 모습을 보기만 해도 배부르다며. 질라래비는 그래도 약간 출출했지만 야간비행을 앞둔 판이라 더 먹이활동을 하지 않기로 했다. 대신 춤을 추었다. 할머니가 같이 춰주었다.

"사랑스런 내 새끼야, 너는 왜 아무 때고 춤추니?"

"그밖에 제가 뭘 더할 수 있겠어요? 산과 들, 강, 저 노을과 바람 그리고 개밀과 제 몸까지도 모든 게 리듬을 타고 있잖아요. 심지어 할머닌 인간이 만든 길에서도 음악 소리를 들으시고요. 그러니 어떻게 춤을 안 추고 배겨요."

"영특한 내 손녀딸 질라래비야, 할미가 지나온 80평생을 되돌아보니 산다는 게 별것도 아니었다. 먹이활동과 새끼 치고 기르기, 생존을 위한 머나먼 여행이 전부였다. 살아가자면 누구나 그 기본을 잘 지켜야 하지. 이왕 하는 일이라면 마지못해 꾸역꾸역 할 게 아니라 즐겁게 춤추면서 말야. 네 할아버지는 임종 때도 춤추셨단다. 네가 춤 잘 추는 건 할아버지를 빼닮았어."

할머니는 야간비행 직전에 당신의 남편 이야기를 꺼냈다.

"할머니, 할아버지를 구해준 둑랑첸이라는 그 라마승은 하늘의 사람 같아요."

"그래. 날개는 없지만 자유인의 영혼을 지닌 수행자지."

"그한테 기적처럼 구출됐던 할아버지가 그해 늦가을 왜 갑자기 돌아가신 거죠?"

질라래비는 그게 몹시 궁금했다.

"애야, 넌 아직 모르는 게 낫단다. 때가 되면 할미가 어련히 안 일러줄까. 이제 그만 날아가 볼까?"

할머니는 야간비행 준비를 했다.

"얼른 알려주세요."

"우리가 겨울을 날 곳에 도착하면 이야기해주지. 기나긴 동지섣달 깊은 밤에 그런 영웅담 없이 어떻게 보내려고 그러니?"

할머니는 벌써 대지를 박차고 공중으로 뛰어올랐다. 질라래비도 바짝 뒤따랐다.

＊

간간이 들려주는 할머니의 이야기는 신비한 힘을 지녔다. 길이 고달플 때, 혹은 막막하거나 무료할 때 할머니의 이야기는 솜사탕과 초콜릿이 돼주었다. 고팽이에서 맛보는 그 달달함은 축지법도 가능하게 만들었다. 순식간에 공간을 건너뛰고 시간의 실타래를 감아놓기도 풀어놓기도 하니까. 쉬는 틈틈이 그저 할머니의 흥미진진한 이야기에 빠졌을 뿐인데 어느새 요하를 거쳐 한반도 서쪽 해안선을 타고 있었다. 질라래비는 큰 고통 없이 그 머나먼 길을 거뜬히 소화해냈다. 물론 거기에는 할머니의 말없는 배려가 있었다. 용골돌기가 약한 손녀딸의 속도를 감안한 비행이 줄곧 이어졌으니까.

6. 고인돌의 나라

"누에가 뽕잎 갉아먹듯 녹색장벽이 무너지고 있구나."

할머니는 오랜 조상들의 기억과 지금 상황을 비교하며 목소리가 어두워졌다. 장벽은 모든 생명체가 가지고 있는 보호막 장치다. 생명체는 그 장벽으로 병원균을 막아낸다. 그런 장벽이 무너지는 건 위험천만하다. 여기서 녹색장벽은 숲이었고 그 숲을 무너뜨리는 건 범람하는 인간의 도시문명이었다.

새들의 낙원이었던 영종도는 세계 비행기들의 집결지로 바뀌었다. 인간들은 속도를 숭배했고 비행기는 그 기린아

였다. 비행기는 밤하늘 은하수를 열심히 지우고 다니는 거
대한 지우개들이었다. 비행기가 내뿜는 배기가스 미세입
자에 수증기가 붙으면 곧 얼어서 구름층이 만들어진다. 고
도가 높아 영하 수십도 속에서 만들어지는 이 구름이 바로

비행운飛行雲이다. 비행운은 별빛은 물론 한낮의 햇빛도 흡수해버린다. 이 은하수 지우개는 지표면에서 발생하는 태양복사에너지를 반사시켜 지구온난화도 불러온다.

"할머니, 제가 그토록 대단하게 여겼던 비행기가 별의 지우개가 될 줄은 생각지도 못했어요."

질라래비는 자신의 섣부른 동경을 반성했다.

"우주선도 대단한 게 못 돼. 결국은 지구를 거덜내먹고 다른 별을 숙주 삼으려고 대기권 밖으로 진출하는 거잖니? 이미 우주에도 쓰레기는 넘쳐나. 살려고 여기까지 날아왔다만 역시 문명사회는 우리가 머물 곳이 못되는 거 같구나."

북에서 남으로 휴전선을 관통해 흐르는 임진강 DMZ 일부 구간만이 그나마 원형을 유지하고 있는 편이었다. 그래선지 단정학 가족이 날아와 겨울날 채비를 하고 있었다. 뒤늦게 도착한 주제에 그 가족들의 보금자리 영역을 나눠쓰자고 하기가 뭣했다.

할머니는 질라래비를 데리고 남행했다. 한강은 수천만 명의 인간들이 장악해서 도저히 끼어들 틈이 없었다. 서울과 경기도는 한여름날 가문 방죽에 몰려든 중태기 떼처럼 꼬물꼬물 대는 인간들로 북새통이었다. 도시의 중심부에서는 누가 더 높은 콘크리트 건물을 차지하느냐로 능력자를 가렸다. 우선 편리한 플라스틱 제품을 누가 더 많이 사용하고 버리느냐를 다투면서. 덕분에 큰바다에는 거대한 쓰레기섬들이 만들어졌다. 비닐과 플라스틱 쓰레기들이 해류를 타고 이동하며 모여서 만들어진 신대륙이었다.

"인간들만 편리한 문명의 뒷모습이네요."

한강변을 날다가 질라래비가 뭔가를 발견했다. 서울 중심으로는 매연 때문에 도저히 진입할 수 없어서 찾은 한강이었다.

"할머니, 그런데 사람들은 왜 모두가 발에 뭔가를 감싸고 다니는 거죠?"

"신발이란다. 딱딱한 시멘트 바닥은 발목과 무릎에 충격을 주거든. 그래서 맨발 대신 신발을 만들어 신고 다니지."

"그럼 아쉽게도 저들은 더이상 대지의 노래를 들을 수가 없겠네요."

"그러게 말이다."

"입은 또 왜 저래요?"

"미세먼지 마스크를 쓴 거란다. 공기가 오염돼서 안 쓰고 다니면 병에 걸릴 테니까."

"너무 우스꽝스러워요. 오염된 도시에서 저렇게까지 하면서 버텨내야만 하는 건가요?"

"코가 정화시킬 수 있는 만큼만 공기를 오염시켰더라면 좋았을 걸. 몸이 미처 진화할 틈도 없이 급속도 오염을 시켜버렸어."

"숲으로 떠나면 되는 거 아닌가요?"

"못 떠나는 이유가 있지. 밥벌이를 위해 다녀야 할 직장, 출세를 위한 학교, 그리고 남들 귀와 눈을 의식한 그럴 듯한 모양새가 이곳에 있으니까. 그게 망가질까봐 불안해서 못 떠난단다."

"이상하네. 저처럼 다른 길을 찾아서 그냥 훌쩍 떠나오면 되잖아요."

"그러려면 남다른 용기가 필요하지. 새 세상에 적응해야 하는 고충도 따를 테니까."

"아, 맞다! 저한텐 여러 길을 아는 할머니 같은 길라잡이가 있지만 저들한텐 없는가 봐요."

"호호호, 녀석도 참! 그런데 애야! 우리가 여기까지 오긴 했다만 아직 정착할 데를 못 찾고 있구나. 한가롭게 인간들 흉볼 때가 아닌 것 같아."

할머니의 그 말에 질라래비는 정신이 번쩍 들었다. 정말이지 이런 데서는 단 사흘도 못 버텨낼 것 같았다.

공기도 그렇지만 빛도 문제였다. 밤은 어둠이 생명력이었다. 어둠 속에서 뭇 생명은 휴식하고 잠잔다. 그런데 도시뿐만 아니라 인간의 마을들은 거의가 대낮같이 휘황찬란하기만 했다. 그나마 휴전선 이북은 대부분 깜깜해서 밤다웠는데, 그걸 낙후의 상징이라고 조롱했다. 희한한 기준이었다.

"오랫동안 인간들도 우리처럼 창공의 별을 지도로 삼고 살아왔단다. 그러다 언제부턴가 더 이상 별을 바라보지 않더구나. 하긴 예전의 그 푸른 하늘을 잃어버리고 말아서 별을 볼 수도 없게 되었지만. 그들은 재빨리 기계를 만들어냈어. 내비게이션을 길라잡이로 삼은 거야. 유원한 하늘을 바라보는 대신 손바닥만 한 기계에 코 박고 살아가지. 더 이상 하늘의 별과 은하수가 보이지 않는 곳에서는 우리 같은 철새가 그 역할을 대신하는 법인데 우리가 통과하는 것조차 고역이니 원⋯⋯."

할머니의 목소리에서 한없는 가여움이 묻어났다. 다른 이들한테서는 좀처럼 찾아볼 수 없는 인간에 대한 애틋함이었다. 인간에게 차츰차츰 영토를 빼앗겨온 새의 입장에서 원망하는 것이 당연했다. 인간들이 궁핍했을 때, 새들은 살기 좋았다. 인간들이 잘 살게 되면서 숲과 초원은 아스팔트나 시멘트로 뒤덮였고 새들은 밀려나 다른 곳으로 이주해갈 수밖에 없었다. 애초부터 같이 잘 사는 길이 있었건만 인간들은 그걸 깼다. 물론 매연의 도시를 떠나지 못하고 눌러앉은 새도 있었다. 비둘기였다. 인간들이 던져주는 가공식품을 받아먹고 뚱보가 된 자들 말이다. 가공식품에 맛 들이면 병들게 돼있었다. 인간들이나 만들어 먹고 병들 것이지 비둘기에게 주는 건 참 나빴다. 선물은 귀하고 좋은 것만 주는 것이 기본 아니던가. 할머니가 이런 인간을 동정하는 건 예사롭지 않았다. 질라래비가 갖는 막연한 호기심과는 다른 뭔가가 있었다.

모든 기억은 말뚝이자 올가미다. 할머니는 한반도 상공을 날다가 고인돌을 떠올렸고 그걸 찾아 돌아다녔다. 이미 지나친 황해도는 어쩔 수 없었다. 할머니는 강화도 고인돌을 찾았다. 강화도 고인돌은 거의 다 사라지고 커다란 탁자식 고인돌 하나와 바둑판식 고인돌 몇 개가 남아 관광 상품이 돼 있었다. 하늘을 숭배하고 뭇 생명과 한 가족처럼 살았던 청동기인들의 삶의 무늬는 어디서도 찾아볼 수 없었다. 그렇거니 탁자식 고인돌 위에서 하루를 묵었다.

"세상에, 세상에! 얘들아, 정말 고맙구나. 찾아줘서 너무 고마워."

커다란 탁자 모양의 고인돌이 곰살갑게 반겼다.

"우리가 고맙죠. 하룻밤 신세질 게요."

인사성 밝은 질라래비가 대답했다.

"신세는 무슨? 내가 너희들 현학이 묵어가는 호텔이 되어보다니. 난 이제 무너져 내려도 좋아. 삼천 년 가까이 버텨온 두 다리가 질끈 부러져도 좋다구."

고인돌은 커다란 덩치와 안 어울리게 상당히 요란스러웠다.

"어이구 망측해라. 다리가 부려져도 좋다니요. 우리들은 키가 커도 전혀 안 무겁답니다. 바람에 날리는 깃털 뭉치라고 여겨주세요. 고인돌님께선 그간 친구가 많이 그리웠나 봐요."

할머니가 동동 제자리 뛰기를 해보였다.

"누가 너희들이 무겁다고 했니? 그만큼 반갑다는 거지. 사실 난 너무 고독해. 난 문화재야. 그래서 인간은 함부로 내 위로 올라올 수 없어. 가끔씩 어린이들이 시도해보지만

관리원들이 못하게 말려. 좀 올라오게 놔둬도 좋으련만. 너희는 오늘밤 내 머리 위에서 자고 가렴. 그 정표로 실례를 해놓고 가도 괜찮아. 그건 영광이니까."

오죽 외로웠으면 이럴까 싶었다.

"정말요. 전 하루에 두 번씩이나 똥을 갈기거든요. 시원하게 싸놓고 가드리겠습니다."

"그럼 나야 좋지. 하늘의 전령이 써놓고 간 우정의 기록물이잖니. 네가 남겨놓고 간 그 정표를 보면서 오래도록 오늘을 기억할거야."

질라래비는 고인돌 옆으로 내려와 한 바퀴 돌면서 전신을 눈에 담았다. 배설물을 우정의 기록물로 여기는 친구에 대한 예의였다.

"너에게 하나 물을게"

"그래요. 고인돌님."

"넌 인간적인 게 뭐라고 생각하니?"

"글쎄요. 전 잘……."

"인간적이라는 건 자연 질서를 무너뜨리고 무책임한 걸 가리켜. 저희들끼리 정해놓은 법이나 도덕조차 안 지키고

얼렁뚱땅 뭉개는 걸 인간적이라고 하더라고. 나는 그런 인간들의 구경거리로 남아있는 게 너무 속상해. 팍 주저앉아 버리고 싶어."

"호호호! 인간적이라는 게 그런거군요. 그럴 듯해요."

할머니가 동조했다.

날이 저물었지만 별은 불과 몇 개도 보이지 않았다. 꼭 비행기 지우개가 부지런히 지우고 다녀서만도 아닌 것 같았다. 매연이 올라가서 뿌옇게 가려놓는 것도 한몫했다.

밤새 고인들의 하소연을 듣느라 잠을 설쳤다.

"고인돌님, 좀 시끄러웠지만 높고 평탄한 숙소 제공해주셔서 고마워요."

질라래비가 감사했다.

"이해하렴. 이 벌판에서 늘 혼자 서 있다 보니까 너희 같은 대화상대가 필요했어. 늘 만나온 바람이나 풀들과는 맨날 하는 얘기가 똑같아서 지겨워졌거든."

"고인돌님, 힘겨워도 지금껏 이 땅을 지켜줘서 고마워요. 우리가 도움이 못되는 건 미안하고요."

할머니는 질라래비를 데리고 조용히 강화도를 빠져나왔

다. 해결할 수 없는 일에 깊숙이 개입하는 일은 인간들이나 하는 어리석은 짓이었다.

할머니가 다음으로 떠올린 장소가 고창이었다. 이 땅에

서 가장 많은 고인돌이 남아 있는 곳으로서 유네스코 세계문화유산에 등재됐다. 근처 운곡 람사르 습지는 철새들이 겨울을 나기에 최적지였다. 이미 터를 잡은 새떼들로 즐비했다. 황새와 청둥오리, 저어새, 쇠백로들 사이로 큰 말똥가리도 보였다. 알타이산 바로 옆 동네에서 살던 이웃이었다.

"저건 쇠재두루미야. 현학 말야. 현학이 왔어!"

탐조여행 온 인간들이 연신 카메라 셔터를 눌러댔다. 멀리서만 봐왔던 인간들을 가까이서 보게 되자, 질라래비는 깜짝 반가웠다. 두툼한 털옷을 입고서 자동차를 몰고 다니는 인간들은 아주 특별한 존재로 보였다. 말 많다는 쇠재두루미들보다 더 시끄럽고 요란했지만 깜짝 반기는 그들을 몰라라 할 수가 없었다. 질라래비는 깡충깡충 뛰어 보이기도 하고 빙글빙글 돌며 우아한 춤을 선보였다.

"와! 월드 슈퍼스타 탄생이다. "

탐조여행가들이 환호성을 날렸다. 질라래비는 더 신나서 공중제비까지 해보였다. 그러다가 새침떼기처럼 우뚝 멈춰 섰다. 탐조여행가들이 박수를 쏟아냈다.

"아예 돈 받고 공연을 하지 그러냐?"

할머니가 눈을 흘겼다.

"할머니, 저는 머리 좋은 인간들과 친해지고 싶어요. 공감능력이 떨어진다더니만 반응이 아주 빠른데요?"

"이 철부지야. 인간들의 관심어린 시선엔 열광과 독소가 같이 있단다. 양날의 칼이지. 어느 쪽이든 자유를 빼앗는 건 마찬가지야. 신문이나 방송을 타고 유튜브에 퍼져나가면 벌떼처럼 몰려드는 인간들에 시달려서 결국은 자기를 잃어버리게 돼. 돈과 인기에 자신을 판 것이지."

"해보지도 않고 피하는 건 옳지 않은 거 같아요. 할머니, 전 그동안 많은 대상과 친구가 되어 대화해 왔어요. 이제부턴 비행기와 우주선을 만든 인간과도 대화하고 싶어요."

"자기를 표현하고 좋은 친구를 만드는 건 좋지만 상대를 봐가면서 해야 해. 저 카메라들은 너를 쏘는 총이자 대포(cannon)야."

할머니는 카메라 브랜드 이름이 대포를 뜻한다고 일러 줬다.

"그렇다고 저 속에서 총알이나 포탄이 나오는 건 아니

잖아요."

질라래비는 할머니가 말릴 틈도 없이 인간들에게 바투 다가갔다. 그러자 한 남자가 와락 달려들어 잡아채려고 했다. 질라래비는 꽁지터럭 몇 개를 빼주고서야 가까스로 살아 돌아올 수 있었다.

"에이, 다 잡은 거였는데. 저걸 잡고 자세히 사진 찍었으면 작품 제대로 건지는 거였는데."

귀한 보물 잡았다 놓쳤다고 탐조여행가가 푸념했다.

"봐라, 할미가 뭐라던. 명심해라. 방금처럼 인간들의 관심과 은총은 포획과 눈총으로 돌변하기 쉽단다. 대포보다 더 무섭지 않니? 어서 갯벌 쪽으로 피하자."

할머니는 부들부들 떠는 질라래비를 이끌고 멀리 곰소만 갯벌로 날아갔다. 갯벌은 먹을 게 많았다. 소금기 밴 음식이 익숙지 않은 게 문제였다.

"좀 먹어보렴. 그래야 진정돼."

여전히 혼이 빠져 달아난 듯 정신 못차리는 질라래비에게 할머니가 권했다.

"설마 저를 잡아채려고 할 줄을 몰랐어요."

"그 자는 그래도 신사야. 나무들이 전해준 바에 따르면, 울진 대왕소나무의 멋진 가지가 그만 전기톱날에 잘려나 갔단다. 어느 얼빠진 사진작가가 용틀임하는 신비한 자태 를 찍고 나서 이후로는 누구도 찍을 수 없도록 가지를 잘 라버린 거지. 그래놓고서 위대한 작품사진을 위한 열정의 발로였노라고 둘러댔다지. 그게 못된 인간들의 전형적인 행태야."

할머니의 말에 질라래비는 기가 막혔다.

"인간들은 모두 나쁜 건가요?"

"그건 아니지만 다수가 그렇다고 봐야겠지."

가엾은 질라래비는 먹었던 걸 다 토해놓았다. 그날은 아 무 것도 먹지 못했다.

아이들의 적응력은 놀라워서 다음날 자고 일어나자 먹을 것부터 찾았다. 오염이 덜 된 갯벌에는 먹을 것 천지였다.

"간간해서 맛이 더 좋아요."

질라래비는 콧노래를 부르면서 맛나게 식사했다. 하지 만 할머니는 달랐다. 평생을 버릇 들여온 입맛이었다. 갑 자기 소금기 전 음식을 먹게 되자 머리가 아프고 설사를 했다. 안데스산맥 우유니 소금호수에 사는 홍학은 짠물을 마시고도 잘만 산다고 질라래비에게 일러준 게 엊그젠데….
할머니는 당신이 참고 지내기로 마음먹었다. 손녀딸이 저토록 좋아하는데 기꺼이 참을 수 있었다.

그날 저녁, 고인돌 공원과 운곡 람사르 습지가 폭발적인 메스컴을 탔다.

전설의 길조 쇠재두루미 부부 70년 만에 돌아오다!
한반도가 생태 최적지로 회복 중이라는 확실한 증표
신랑은 특급 댄서! 전통의 현학 문화코드 부활 기대

다음 날 고창 고인돌공원과 람사르 습지는 교통이 마비되고 말았다. 전국에서 몰려든 탐조여행객들 때문이었다. 조류계의 월드스타 춤꾼 질라래비를 보기 위해서였다. 그간 어쩌다 길 잃은 쇠재두루미 한두 마리가 다른 철새 따라 묻어오는 경우는 더러 있었다. 하지만 부부가 날아온 건 분명 수십 년 만에 처음 있는 일이었다. 잘하면 매년 찾아올지도 모르는 일이었다. 온 나라가 들썩일 만했다.

"우리가 졸지에 젊은 부부가 되었구나. 넌 특급댄서로 데뷔했고."

팔순이 넘은 할머니는 도리질을 치며 웃었다.

"제가 특급댄서인 건 맞는데 부부라는 건 너무했어요. 이건 모독이에요! 그렇게 보는 눈이 없을까요? 안경까지 쓰고서 망원렌즈로 관찰하면서도?"

질라래비는 제자리에서 종종거렸다. 습관적으로 춤 본능이 발동한 것이었다.

"잘 들어라, 춤 잘 추는 내 손녀딸아. 인간들은 자기들이 보고 싶은 것만 보고, 믿고 싶은 대로 믿어버리는 경향이 있단다. 그래서 그들이 무얼 잘못 알고 있는지 우리가 아무리 알려주려 애써도 그걸 이해시킬 방법이 전혀 없어."

"왜죠?"

질라래비는 너무도 답답해서 가슴을 쳤다.

"자연과 소통하는 법을 거의 잊어버려서 그래. 제 이익만 따지는 인간은 더 이상 우리 목소리에 귀를 기울이지 않거든."

할머니는 날개를 앞으로 뻗고 어깻죽지를 한껏 올려보

였다. 그 사이에 고개를 파묻어서 두 눈과 귀를 가리는 시늉을 했다.

"반려동물은 잘도 기른다면서요?"

"그것도 동물을 위해서가 아니라 자기들끼리 소통이 어려우니 그 외로움을 달래려는 수단이라니까. 그랬다가도 불편해지면 즉시 내다버리거든."

"네?"

"똘똘한 내 새끼야. 서열만 정해지면 모든 게 원만한 우리와 달리 인간들은 아주 머리 아프게 산단다. 그래서 옛 선비들은 두루미를 기르며 높은 정신세계를 추구했다만 지금은 외로운 사람들이 반려동물을 기르며 위로받지. 그나저나 앞으로 봄까지 인간들과 잘 지내야 할 텐데 부담스럽진 않니?"

"전 그래도 인간의 관심을 받는 게 좋아요."

"다행이구나. 하지만 또 한 번 일러둔다. 이곳 인간들은 알타이산이나 바이칼호 주변 인간들과 많이 달라. 무엇이건 소유하고 통제하려고 해. 각자의 영토를 인정하고 서로 간섭하지 않아야 좋은데 말야."

"땅을 딛고 사는 족속들이 자유롭게 하늘을 나는 우리를 어떻게 소유하고 통제해요?"

"돈이 된다고 생각하면 뭐든 한다니까. 인간들은 돈이 되면 자신의 자유도 기꺼이 내던지고 남의 자유도 빼앗으려 하거든."

"그래서 얻은 돈으로 무엇을 하나요?"

"숫자를 늘려가지. 수억, 수십억, 수백억, 수천억, 수조 원……. 행복과 별 상관도 없는 머니게임을 계속하는 거야."

"그 돈으로 사랑하는 사람을 위해 꽃을 사거나 배고픈 아이들 밥을 사주는 게 아니고요?"

"그런 건 우리가 몇 차례 가보았던 러시아 유행가에나 있는 거야."

진정으로 사랑에 빠진 어느 가난한 화가가~

아틀리에 한 칸 방부터 캔버스에 이르기까지~

가진 것 전부를 다 팔아 바다만큼의 장미꽃 샀지~

백만 송이 백만 송이 백만 송이 붉은 꽃~

그대는 창문 너머 보고 있는지~

진정으로 사랑에 빠진 한 남자가~

그대 위해 자기 인생을 꽃과 바꿔버린 걸~

질라래비는 춤추며 콧노래를 흥얼거렸다. 언제 귀여겨
듣고 배워뒀는지 감정을 살려서 노래했다.

"할미는 짠 음식이 안 맞아 두통과 변비로 고생하는데 철
부지 네 녀석은 춤추고 콧노래까지?"

그러면서도 할머니는 흐뭇해했다. 손녀딸만 좋으면 당
신은 아무래도 상관없다는 식이었다.

"변비까지 생기셨어요? 어쩐지 눈이 떼꾼해보였어요.
우리 다른 데로 가요, 할머니! 저 인간들의 카메라 세례가
왠지 자꾸 신경 쓰이기 시작했어요."

질라래비는 날개를 접고 부러 뻣뻣한 자세를 취해보였다.

"그래, 아무래도 요란스런 이곳을 떠나 인적 드문 도린곁
으로 가야겠구나. 선조들이 살았던 딴 곳을 기억해보마."

할머니는 고인돌이 있던 딴 장소를 더듬었다. 핏줄과 이
야기로 전해온 선조들의 기억을 찾아내는 일이라 쉽지가
않았다. 할머니는 두뇌 속의 광물 조각과 뇌세포의 플라스

틱 성질을 풀가동하느라 깊은 명상에 들어갔다. 그러다가 다음 날 새벽 동쪽하늘에서 유난히 반짝이는 인공위성 불빛을 보다가 번뜩 떠올랐다. 일종의 견성이었다. 비단강 상류 두메산골 강변에 고인돌 군락이 있었다. 여름날 아침이면 이슬에 함초롬히 젖은 메꽃이 나팔을 부는 언덕, 온갖 새들이 노래하며 새끼를 치는 강촌이었다.

"가보자꾸나. 무진장 산악지대로!"

"무진장 산악지대요?"

"그래. 무주·진안·장수 첩첩산중. 히말라야나 알타이산맥의 웅자에 비하면 동산이지만 영성어린 두메산골이지. 북에는 개마고원 남에는 진안고원이라지 않니. 그곳은 용과 봉황, 학과 신선을 마을 이름으로 지은 데가 많단다."

아침햇살을 정면으로 받으며 동쪽으로 날았다. 늦가을 이른 시간이라 관찰하는 인간들은 보이지 않았다. 눈이 부셨다. 할머니는 두 눈을 감고 오직 심안을 열도록 했다. 한번 멀리 보고나서 그걸 머릿속에 저장해두고 날도록 했다. 이른바 이미지 비행술이었다. 인간들은 눈을 감고서는 고작 열 걸음도 못 걷지만 새들은 수십 킬로를 그렇게 날 수 있었다. 같은 높이에서 나는 새나 별 지우개만 만나지 않으면 안전했다. 교통사고는 지상뿐만 아니라 하늘에서도 발생했다. 광활한 하늘 길에서 어떻게 서로 부딪칠 수 있을까 싶지만 더러 그런 사고가 났다. 새끼리야 없고 새와 비행기, 비행기끼리의 충돌이었다.

"아, 저 우뚝 솟은 건축물과 거대한 새들는 뭐죠?"

질라래비는 감탄사를 발했다. 새파란 융단을 펼쳐놓은 하늘 위로 찬란한 아침햇살을 받으며 거대한 새 두 마리가 한 몸이 되어 날고 있었다. 그 아래로 붉은 단풍 숲을 뚫고 올라온 뾰족한 구조물이 웅장했다.

"용마의 귀란다!"

할머니는 거대한 구조물 쪽으로 다가가며 유유히 선회했다. 가까이 가서 보니 바위산이었다. 두 봉우리가 말 귀를 닮았대서 마이산으로 불리지만 사실은 전설적인 용마龍馬 신앙의 성소라고 했다. 용마는 하늘의 별자리 가운데 동방7수 청룡이 지상에 강림한 거라고 했다. 서구인들은 용을 정복해야 할 대상으로 보고 마침내 쳐부수는 서사를 즐기지만 동양인들은 변화무쌍한 조화의 화신으로 보고 숭

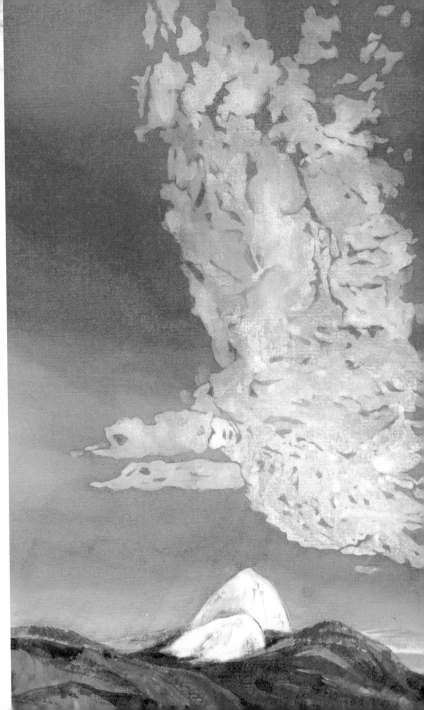

배한다. 물속의 용과 하늘을 나는 천마天馬의 결합체였다.

"신비로워요."

"어느 날엔가 이 신비한 고원에 드넓은 호수가 생겨나면 중생대 백악기 이후 1억년 동안 잠자던 목마른 용이 떨쳐 일어난다지. 용담호의 용은 마이산의 천마와 합체되어 날면서 온 누리에 꽃비를 뿌릴 거란다. 그날이 오면 향기로운 꽃동산에서 뭇 생명이 한 가족이 되어 춤추고 노래한다지. 미움과 다툼은 줄어들고 사랑과 평화가 넘쳐난다지."

할머니의 목소리는 달떠 있었다. 아마 3억 년 전쯤 파충류시절에는 서로 친밀했던 동료에 대한 소망스런 기대감 때문인 듯했다.

"할머니, 저기 커다란 호수가 보여요!"

질라래비가 북동쪽 하늘 아래를 가리켰다. 아침햇살에 반짝이는 윤슬로 봐서 호수가 맞았다. 둘은 그쪽으로 다가갔다. 아, 그것은 청룡이었다. 청룡은 북쪽을 향해 비상하려고 꿈틀대고 있었다.

"이것은 하나의 예정조화설이다. 이곳 진안고원에 용담댐이 세워지면서 오래 묵은 전설이 하나 둘 실현되고 있어!"

할머니는 청룡 형국의 용담호를 탐사하듯 구석구석 누볐다. 거울 같은 호수에 울긋불긋 단풍든 산그림자를 비춰 황홀경을 연출했다. 운일암반일암의 명도봉, 금남정맥 최고봉 운장산, 구름다리가 놓인 구봉산, 금척의 마이산, 혁명가 정여립의 천반산과 죽도, 아홉 마리의 용맥이 흐르는 대덕산, 봉수대가 있는 지장산 골짜기를 차례로 거치며 한

바퀴 크게 돌았다. 용머리에 해당하는 용담댐 쪽에서 보니 마이산은 용마의 두 귀가 완연했다. 귀만 남겨놓고 하늘로 날아갔던 용마가 지상으로 되돌아온 것이다.

갈룡의 목마른 용은 물 오기만 기다리고
와룡의 누운 용은 물 차기만 기다리고

용평의 들용은 담수되기만 기다리고

구룡의 아홉 용은 담수하기만 기다리고

용담의 잠든 용은 만수되기만 기다리는데

역대 방백 수령님은 치담치수 못하였네

할머니는 산골 아낙네처럼 민요가락을 뚜루루루 뚜루루루 구성지게 읊조렸다. 오랜 옛날부터 불려 내려온다는 〈용담 오룡가〉였다. 알타이 산자락 마을에 서사시 토올이 있다면, 이곳에는 민요가 있었다.

"소녀가 돌아왔어! 우리가 기다리고 기다렸던 바로 그 소녀가 돌아왔다고! 용마의 잠을 깨워줄 소녀 전령사가 드디어 도착했어!"

갑자기 산이 쩌렁쩌렁 울렸다. 소리가 나는 서쪽을 굽어보니 운해가 자욱이 피어오르고 있는 바위산이 보였다.

"할머니, 방금 누군가가 제 얘기를 한 거죠?"

질라래비는 눈 밑 뒤쪽에 달린 귀를 한껏 열었다. 새들은 바깥귀가 없어서 깃털 속에 묻혀 있었다.

"그래, 널 손꼽아 기다려왔던 게로구나. 아홉 마리 봉황이 줄지어 동쪽으로 날아가는 형국의 명산 구봉산이란다."

"구봉산 봉황들이 왜 저를 기다려요?"

"글쎄다. 궁금하면 다가가서 직접 물어보렴. 할미는 따로 둘러볼 데가 있단다. 혼자라고 겁먹을 건 없어. 인적 드문 이곳에 너보다 큰 날것은 없으니까. 사나운 독수리도 없고."

"누가 겁을 먹어요? 할머니, 전 새로운 길을 내며 여기까지 날아왔어요!"

"아무렴 그렇고말고. 영특한 내 새끼. 훨훨 날아가 보렴. 아홉째 봉우리 아래 바위틈에 비밀의 샘물이 있단다. 병을 치료하는 약수지. 이따 점심 무렵에 거기서 보자꾸나."

질라래비는 구봉산을 향해 힘차게 날았다. 할머니는 정자천 여의곡 쪽으로 천천히 날며 골짜기들을 톺아보았다. 용담호 여의곡은 그야말로 용의 여의주에 해당하는 명당이었다. 마음 먹으면 무엇이든 뜻대로 이루어진다는.

너무 오래된 기억 속의 현장이었다. 댐이 세워지면서 고인돌 떼와 마을이 있었던 자리마다 시퍼런 물의 정원들이 들어와 있었다. 옛적엔 많은 인간들과 가축들로 북적이던 곳이었다. 가난한 슬픔이 굽이쳐 흐르는 비단강 상류, 산 높고 물 깊어 길이 자주 끊겨도 장날과 길손은 꼬박꼬박 잘도 찾아들던 동네였다. 동네가 떠나가라고 울어쌓던 아이 울음소리, 다듬이질 소리, 물레방아 삐거덕거리는 소리, 버드나무 우물가에 빨래방망이 두드리는 소리, 뒷동산에서 하늘 높이 연 날리는 아이들 소리, 늙어 꼬부라진 노파의 바튼 기침소리……

아슴아슴한 기억 속에 녹아든 정겹고 그리운 소리들이었다. 선조 현학들은 아무런 해가 없는 그 생명의 소리들을 자장가쯤으로 여겼다. 그들과 이웃하며 대대로 살았어도 큰 불화가 없었다. 시멘트와 플라스틱과 농약과 공장과 자동차가 폭발적으로 증가하기 전까지는.

골골에 화전을 일구며 살던 그 많던 인간들은 어디론가 떠나가고 스멀스멀 차오르는 물에 떠밀려서 산 중턱으로 올라간 산촌은 한적하고 평화로웠다.

수몰되기 직전, 고고학자들은 범람하는 토사에 묻히고 인간들이 그 위로 논을 풀어 농사를 쪄오던 고인돌 떼를 발굴조사를 했다. 수백 기의 고인돌 무덤에서 간돌칼과 돌

화살촉, 돌창, 어망추가 나왔다. 부족의 돌무덤을 만드느라 채석장에서 바윗돌을 끌고 온 운반로도 발견되었다. 선사시대에 만들어진 이 길은 발굴조사보고서에 한반도에서 가장 오래된 길로 기록되었다.

할머니는 고인돌 52기를 옮겨다놓은 산자락으로 가보았다. 용담댐 수문 서쪽 도로가에 조성해놓은 생태공원이었다. 고인돌 사이를 가만가만 거닐며 이들과 함께 석기시대를 살았던 선조들을 생각했다. 최소한의 도구만 쓰며 자연인으로 살던 때의 인간들도 생각했다. 현학은 그때와 똑 같은 삶을 살고 있건만 인간들은 너무 멀리 와버렸다. 되돌아갈 수 없을 만큼 너무 멀리.

인간들만 현학의 우아한 춤을 흉내 냈고 하늘을 나는 걸 부러워했다. 부러우면 닮고자 하는 게 이치인데 인간들은 도무지 몸과 마음을 비울 줄 몰랐다. 오히려 더 많은 고기를 먹어가며 머리와 몸을 키워갔다. 어떤 인간들은 공중부양을 시도했다. 앉아서 명상을 하거나 이상한 주문을 외운다고 공중에 뜰 수 있는 게 아니었다. 그런데도 그 사이비 교주한테 수많은 교도들이 몰렸다. 공중부양을 안 믿는,

그래서 건강하다는 시민들은 경쟁적으로 갖가지 도구를 만들고 자연을 파먹어 들어왔다. 환경파괴로 많은 새들이 죽어갔다. 현학은 그런 인간들과 거리를 둘 수밖에 없었고 끝내 그들을 버리고 떠날 수밖에 없었다.

아마도 새마을사업이 한창이던 무렵이었을 게다. 마지막 현학이 떠나버리자 인간들은 절망했고 아예 생태적인 삶을 포기해버린 건지도 몰랐다. 그 대신 시멘트와 플라스틱 유토피아를 건설하고자 애썼다. 생태적 삶을 살던 전통은 거추장스럽다며 모두 내다버리고 발 빠르게 달렸다. 청정한 대자연 속에서 거문고를 뜯고 학춤을 즐기던 지상신선의 길도 버렸다.

할머니는 옛 시절 풍류객이 그리웠다. 아내한테 구박받으면서도 거문고 연주와 현학 모이주기를 즐겼던 가난한 시인이 그리웠다. 지금은 모두 사라지고 없지만 옛날에는 어느 동네에나 그런 선비들이 흔했다.

그나마 다행인 것은 부족들의 우려와 자신이 예상했던 것보다 사뭇 맑은 호수와 우거진 숲이었다. 하지만 인간들이 떠나간 산천은 고즈넉했다. 할머니는 그림 같은 물의 정원을 감돌았다. 용평리, 구룡리를 거쳐 대구평 마을을 향해 날자, 선경이 펼쳐졌다. 대덕산 맞은편 호숫가에서 여섯 개의 거문고 줄이 울렸다. 뒷산자락이 거문고 줄처럼 흘러내린 금지마을이었다. 자연의 음악소리가 들리자, 할머니는 너울너울 춤을 추었다. 두 귀를 쫑긋 세운 마이산이 남쪽에서 건너다보고 있었다.

✻

그 무렵 질라래비는 아홉 마리 봉황이 줄지어 날아가는 구봉산 제1봉 위에 다다랐다. 불타오르는 단풍 숲 위로 즐비하게 솟구친 천 길 낭떠러지 기암괴석들 가운데 첫째 봉우리였다.

"어서와 질라래비야, 우리의 깊은 잠을 깨워줘서 고마워."

제1봉황이 뾰족한 머리를 흔들며 말하자, 나머지 여덟 마리 봉황들도 일제히 고개를 흔들며 날개를 파닥거려 환영했다.

"반갑게 맞아주셔서 고마워요, 아홉 마리 봉황님들. 사실 아주 먼먼 여행길을 떠나온 거거든요."

"떠나온 게 아니라 돌아온 거야."

아홉 마리 봉황이 입을 모았다.

"그런 건가요?"

질라래비는 싱글벙글 웃으며 봉황들의 머리 위를 하나하나 감돌면서 답례했다. 그때마다 봉황의 머리들은 간지럼을 타는 듯 키득거렸다. 제5봉은 고개를 흔들지 않고 근엄한 자세로 눈인사를 건넸다. 결코 거만해서가 아니었다. 제6봉과 기다란 구름다리를 연결하고 있었으므로 고개를 흔들 수가 없었다.

"제5봉황님과 제6봉황님! 두 분은 천생연분이시네요. 일곱 남매들 낳고 기르느라 시들해진 관계인 걸 알아차리고 인간들이 구름다리로 연결시켜줬잖아요."

100미터 구름다리 위에 내린 질라래비는 다리 위를 뒷짐 지고 천천히 걸어가면서 속삭였다.

"꿈보다 해몽이로구나. 사실 우리는 소 닭 보듯 지낸 지 오랜데 인간들이 우리 머리를 이렇게 잇대놨구나. 덕분에 자나 깨나 저 영감 머릿속 사정까지 훤하단다."

제6봉황이 정수리 위에 놓인 기다란 구름다리를 양 날개로 툭툭 쳐대면서 구시렁댔다.

"저 마누라쟁이 말하는 것 좀 보소. 그래도 우리가 오작교보다 터 튼튼하게 연결돼 있으니까 많은 사람들이 찾아주는 거잖아. 안 그러면 얼마나 고즈넉했겠어?"

"그건 영감 말이 맞구랴. 우리가 선계를 날아다니던 옛날도 아니고, 이렇게 운장산 천황봉 자락에 발이 묶여 용담호 용이 날아오르는 광경이나 물끄러미 바라보고 사는 세월이니."

제6봉황은 그 옛날의 영광을 회고하는 듯 눈을 감았다 떴다. 봉황은 한 번 날아오르면 무려 구만 리를 돌파하는 장거리 비행 고수들이었다.

"질라래비야, 날 수 있을 때 맘껏 날고 춤춰라."

"그럼 그래야지."

노부부 봉황의 축복을 받고난 질라래비는 신이 났다. 그는 제7, 8, 9봉황에게 차례로 인사하고서 천 미터가 넘는 천황봉을 향해 솟구쳤다. 천황봉에 다다르자, 시야가 넓어지면서 온 세상이 발 아래로 굽이쳤다. 내친 김에 복두봉과 곰직이산, 운장산 동봉과 서봉까지 짓쳐 날았다. 즐비한 산등성이와 골짜기가 남새밭 이랑과 고랑처럼 작아보였다. 동으로 덕유산과 민주지산, 북으로 대둔산과 계룡산이 보였다. 서쪽 모악산 너머로 아까 날아온 서해바다가 반짝거렸다. 남쪽으로는 부귀산 너머로 마이산, 성수산, 덕태산, 지리산 연봉이 눈에 들어왔다. 힘찬 산맥들은 굽이치는 파도와도 같았다.

운장산 남쪽 기슭과 북쪽 기슭은 학과 두루미들이 서식하기 맞춤한 골짜기였다. 이름도 봉학리, 학골, 노래재, 안정동, 운일암반일암, 처사동, 무릉리였다. 옛적에는 순박한 화전민과 약초꾼들이 신선처럼 살아가던 곳이었다.

골짜기들을 둘러보고 나자 목이 말랐다. 질라래비는 천황봉 쪽으로 되돌아가 물 냄새를 맡았다. 그러다가 병풍바위를 발견하고 공중에서 불현듯 날개를 접었다. 그 사품에 바람을 가르며 수직으로 내리꽂기 시작했다. 흡사 추락하는 것처럼 보였다. 아홉 마리 봉황들이 일제히 머리를 돌려 쳐다봤다. 질라래비는 제9봉황 가슴팍 부위에서 한껏 날개를 펼쳐서 공기 저항을 받으며 추락을 멈췄다. 깎아지른 바위벼랑 틈으로 쏙 파고들어간 그는 푸른 이끼가 커튼처럼 둥글게 드리워진 옹달샘에 내렸다. 아홉 마리 봉황들이 일제히 폭소를 터뜨렸다. 예쁜 짓하는 아이를 바라보는 건 언제나 즐거운 일이었다.

또로롱 또로롱—

가느다란 몇 가닥의 이끼 줄기를 타고 석간수 물방울이

떨어졌다. 그 소리가 옥돌에 은구슬 굴리는 것처럼 맑았고 울림은 깊었다. 푸른 댕댕이덩굴로 짠 광주리 크기의 샘에 담긴 석간수는 원형 청동거울 같았다. 하도 맑고 깨끗해서 들여다보는 것만으로도 귓속과 안구가 정화되었다.

질라래비는 샘물을 마시려고 다가섰다. 한 모금을 마셨는데 그때 물방울 줄기기 뚝 끊기고 잔잔한 물의 거울이 나타났다. 투명한 거울 속에 인간 소녀 하나가 보였다. 그 뒤로 어느 할머니의 거미줄 쳐진 얼굴도 보였다. 너무도 놀란 질라래비는 돌장승처럼 굳어버렸다.

7. 세 개의 거울과
지상의 별

"고만아, 애기 좀 작작 울려라. 뭔 놈의 말만큼 크대큰 가시나가 애기 하나를 제대로 못 본다냐. 저 호랭이 물어갈 년을 어따 써 먹을까 몰라!"

엄마의 앙칼진 고함소리가 온 동네 떠내려가라고 울렸다. 부엌에서 엄마는 젖먹이를 포대기해 업은 채, 발로 아궁이 불을 다스려가며 손으로는 또박또박 도마질을 했다. 이마에 맺힌 알땀을 손으로 훔쳐낼 새도 없었다.

오늘은 인삼밭 삼 놓는 날. 가난한 집에서 놉을 일곱이나 얻어놓고 아버지는 새벽부터 부산을 떨었다. 그 많은 덧발과 묘삼을 달구지로 싣고 지게질로 져 날랐다. 소가 도저히 달구지를 끌 수 없는 가풀막부터는 지게질을 할 수밖에 없었다. 묘삼은 어린 인삼뿌리였다. 고랑 사이로 불룩한 인삼밭두둑에 묘삼을 심고나면 덧발을 덮어둬야 했다. 덧발은 지푸라기로 기다랗게 엮어서 둘둘 말아놓은 것들이었다. 인삼밭에는 들어가는 장비가 많았다. 겨우내 매듭풀로 새끼를 꼬고 산에서 억새를 베다 엮은 해가림발이 필요했다. 그걸 얹어 펼쳐놓을 지지대도 설치해야 했다. 지지대에는 총대와 철사, 못이 많이 들어가서 부잣집이 아니면 인삼밭 경작을 꿈도 못 꿨다.

"인삼농사 잘 되면 중학교 보내주마."

아버지는 겨울방학 내내 동생들을 보면서 덧발을 엮고 매듭새끼를 꼬는 고만이에게 말했다. 국민학교 4학년 올라가는 고만이는 그래서 힘든 줄 모르고 일했다. 아버지가 고만이를 중학교에 보내주려고 하는 데는 이유가 있었다.

세 살 때 여름이었다. 퇴비를 만들려고 산에서 풀을 한 짐 베 왔는데 그 속에 파랑새집이 통째로 딸려왔다. 바둑알보다 조금 더 큰 파랑새알이 세 개 들어있었다. 고만이는 새알 하나를 꺼내 앞뜰 채송화 밭에 정성들여 심고 물을 주었다. 그걸 왜 화단에 심었느냐고 아버지가 물었다. 어린 딸이 천연덕스레 대답했다. 파란 새알 씨를 심었으니 곧 자라서 파랑새가 될 거라고. 예사롭지 않은 아이라고 여겨서 없는 살림 형편이 좀 피면 가르칠 요량이었던 것이다.

그런데 오늘도 결석이다. 개학한 지 한 달 남짓인데 벌써 세 번째 결석이었다. 수업을 잘 들어야 공부를 잘하고 중학교도 갈 텐데 셋이나 되는 어린 동생들 돌보며 농사일을 거드느라 공부할 겨를이 없었다.

"자꾸 결석하면 공부를 따라갈 수가 없어요, 아부지."

깡충 올려 깎은 뒷박머리 고만이는 그만 울상을 지었다. 등에 업힌 두 살배기 남동생의 코에서 어리굴젓 같은 콧물이 질질 흘렀다. 아까부터 코를 훌쩍거리던 동생은 더 참지 못하고 누나의 등짝에 대고 쓰윽 문질러댔다. 등짝이 번질거렸다.

"이렇게 바쁜 날 어쩌겠냐? 오늘까지만 결석해라. 우리 복만이 대장군 업어 키우는 공덕이 공부보단 나으니께."

아버지는 짐을 지고 마당을 나가면서 외아들의 코를 손

으로 훔쳐 내준 다음, 쪽 소리가 나게 볼에 입을 맞췄다. 위로 내리 다섯이나 딸을 낳고서 얻은 외아들이었다.

고만이는 일곱 남매 가운데 중간인 넷째 딸이었다. 제발 딸 좀 그만 낳게 해달라고 붙인 이름이 딸 고만이였는데 그다지 효력이 없어 다음번도 딸이었다. 애가 닳게 기다리던 아들은 한 박자 늦어 그 다음에야 나왔다. 내친김에 하나 더 태워달라고 연년생으로 생산한 것이 젖먹이 동생인데 그 또한 딸이었다. 아버지는 미련을 접고 엄마를 읍내 병원에 데려갔다. 거기서 아기씨가 나오는 줄을 묶어버렸다. 의사는 아버지의 아기씨 나오는 줄을 묶는 게 훨씬 간단하다고 권했지만 자신이 씨 없는 수박이 되는 건 상상할 수조차 없었다. 혹시 외아들 복만이에게 무슨 일이라도 생기면 딴 밭 골라서 다시 나야 할 판이었다. 가난하고 별 볼 일없는 집안이라도 문을 닫을 수는 없다는 생각에서였다.

찢어지게 가난한 살림살이였다. 반달모양으로 강물이 흐르는 이 두메산골에서 산자락에 달라붙은 비탈밭 한 뙈기 붙이며 나물 캐고 약초 캐서 먹고 살기란 너무 빠듯했다. 물고기 잡아 어죽으로 끼니 때우는 것도 여름 한 철이었다.

위로 세 언니들은 국민학교를 마치기 바쁘게 대전으로 서울로 부산으로 강바람 타고 풀씨처럼 날아갔다. 헐벗고 배곯던 집을 그렇게 떠나갔지만 식모살이와 공장생활이 기다리고 있었다. 그저 배 불리 먹여주고 입혀주기만 하면 감사할 정도였다. 야무진 딸들은 매달 꼬박꼬박 돈을 보내왔다. 아버지는 피눈물어린 그 돈을 모아 송아지 한 마리를 장만했다. 그 소가 자라 새끼를 치자 아버지는 모험을 걸었다. 빚을 내서 비탈밭에 인삼농사를 짓기로 한 것이다. 인삼농사가 잘 되면 노다지였다. 도시로 나가 방이 여럿인 집도 얻고 구멍가게도 낼 참이었다.

모양이 꼭 사람같이 생긴 인삼은 잘 자라주었다. 보리밥에 된장국만 먹고도 쑥쑥 잘만 자라서 돈 벌어 보내오는 옹골찬 딸들을 닮았나보다 여겼다. 아버지는 인삼밭에 원두막을 짓고 거기서 자면서 자식들 같은 인삼을 지켰다. 밤새 도둑이 들어서 몰래 캐가는 걸 막기 위해서였다.

고만이도 공부를 제법 했다. 동생들을 업어 키우고 소죽까지 끓이면서도 우등상을 탔다. 중학교에 꼭 들어가고 교육대학까지 마쳐서 선생님이 되고 싶었다.

6학년 늦여름에 인삼을 캤다. 대전에서 식모 사는 큰언니도 오고 부산에서 신발공장 다니는 셋째언니도 왔다. 닭도 잡고 떡도 해서 시끌벅적하니 잔치집이나 다름없었다. 서울에서 방직공장 다니는 둘째언니만 야간학교 때문에 못 왔다. 고만이는 둘째언니가 무척 보고 싶었다. 공부도 잘했고 매사에 딱 부려져서 또순이로 통하는 둘째언니였다. 둘째언니는 이따금씩 편지를 보내왔다. 어떻게 해서든지 중학교는 나오고 나서 서울로 올라오라고. 그래야 공부길이 열리고 사람답게 살게 된다고. 고만이는 연필에 침을 묻혀가며 꼭꼭 눌러써서 꼭 그러마고 답장을 보냈다.

약성이 뛰어난 인삼은 산신령의 입김으로 큰다는 말이 있었다. 그래서 인삼밭두둑 속사정은 조홧속이었다. 달포까지만 해도 대박 났다고 여겼건만 늦장마가 심술을 부려 그 실하던 뿌리가 물컹물컹 썩어 들어갔다. 인삼을 캐던 아버지 속도 썩어문드러졌다. 모질게 대물림해온 가난을 쉽사리 벗어나기가 이토록 어렵단 말인가. 기구한 팔자가 원망스러웠다. 빚도 못 갚고 듬직한 살림 밑천인 소마저 팔아넘겨야 할 판이었다.

"아부지, 우리가 열심히 돈 벌어 부칠 테니 너무 낙심마세요. 그깟 소는 다시 사면 돼요."

언니들은 가엾은 아버지를 위로하고 떠났다.

"고만아, 소죽 잘 끓여라. 며칠이라도 부쩍 잘 먹여야 장날에 내다팔 때 제값 받지."

술고래가 되어 들어온 아버지가 외양간에서 소를 쓰다듬으며 일렀다. 소의 퉁방울눈에도 아버지의 가녀린 눈에도 눈물이 그렁거렸다. 아궁이 앞에 쪼그려 앉은 고만이는 잿불에 묻어놓은 메꽃뿌리가 타들어가는 것도 잊고 앉아서 침울해 했다. 고구마 타는 냄새가 진동해서야 부지깽이로 들입다 꺼냈다. 기다란 메꽃뿌리 한 움큼의 절반이나 이미 까맣게 타버렸다. 덜 탄 메꽃뿌리를 후후 불어가면서 씹어 먹었다. 불맛이 밴 군고구마, 딱 그 맛이었다. 가을엔 콩대나 덜 익은 아그배 가지를 끊어다가 소죽 위에 쪄먹는 맛이 기막혔고, 겨울엔 진짜 고구마를 칼로 넙죽넙죽 삐져 아궁이불에 구워먹는 재미가 소죽 끓이는 묘미였다. 삶은 볏짚이나 고구마 줄기에서 나오는 소죽의 구수한 훈김이 식욕을 댕겼다. 잉걸불에 볼이 벌겋게 익든 채로 군고구마를 먹다보면 입술이 검댕이로 변했다. 거울이라도 볼라치면 저승사자가 친구하자고 달려들었다.

"고만아, 뭐하고 자빠졌다냐! 복만이 울잖여!"

소죽 끓이고 있는 거 뻔히 알면서 엄마가 다그쳤다. 어느덧 다섯 살이나 먹어서 혼자서도 잘만 뛰어노는데 어따 살짝이라도 쫗으면 곧 숨넘어가는 것처럼 엄살을 피웠다. 외아들이라고 너무 오냐오냐 키워서 생긴 버릇이었다. 고만이는 얼른 달려가 복만이를 어부바하고서 엉덩이를 세게 꼬집었다. 가래바지 사이로 잡히는 속살의 물컹한 느낌이 고소해서 좋았다. 복만이는 으앙, 하고 정말 울어버렸다.

"에고고, 우리 복만이 코했어요? 괜찮아 괜찮아. 누나가 업어주면 금방 낫아."

고만이는 입술을 지그리며 이번엔 다른 쪽 엉덩이를 꼬집었다가 얼른 등을 까불렀다. 복만이는 또 울음을 터뜨리려다가 엉겁결에 그쳤다. 등을 까부르며 깨금발로 뜀뛰기를 해줬다. 속없는 복만이가 까르르 웃어젖혔다. 이 얌통머리 머스마 때문에 한시도 편할 날이 없었다. 욕도 바가지로 얻어먹었고 학교도 숱하게 빼먹었다.

다음날 아침 물똥을 싸질러대서 씻어주며 보니까 양쪽 엉덩이 모두 퍼렇게 피멍이 들어 있었다. 세상에 하나밖에 없는 남동생의 여린 엉덩이를 피멍들게 꼬집어놓다니. 착한 척은 혼자 다하면서 은근히 못된 구석이 있는 자신이 미웠다. 앞으로는 절대 안 그러마, 속으로 약속하고서 누가 볼세라 가래바지를 안 터진 바지로 갈아입혔다.

"고만이 학교 갔다 오다가 여의곡 큰집에 들러 할머니 좀 보고 오니라. 큰집서 자고서 학교 갔다 와도 좋아."

가을 어느 날, 댓바람에 소잔등을 빗질하던 아버지가 말했다.

야호, 해방이었다. 그 많던 일에서 놓여나는 오늘이 진짜 방학이었다. 학교가 어떻게 파했는지 몰랐다. 책보를 둘러매고 부리나케 큰집으로 달렸다.

"숨넘어가게 생겼다 우리 고만이."

할머니는 벽장 단지에서 조청 한 종발을 덜어내 건네며 이마를 쓸어 넘겨주었다. 고만이가 당신의 고명딸을 쏙 빼닮았다며 손자 손녀들 가운데서 제일 예뻐했다. 할머니는 광 시렁에서 대나무소쿠리를 꺼내왔다. 자루가 기다란 갈

고리도 챙겼다. 보나마나 고래실 방죽으로 마름 따러 가는 길이었다. 소쿠리를 머리에 쓴 고만이가 쪼르르 달려갔다.

"우리 손녀딸, 영락없이 고슴도치가 됐네."

갈고리를 어깨에 멘 할머니가 종종걸음으로 뒤따랐다. 방죽에는 녹색 마름이 꽉 절었다. 자세히 보면 앙증맞은 흰 꽃이 어여뻤다. 물매화를 닮았다. 따가운 가을햇살에 작살처럼 억센 가시가 달린 마름 열매가 익어가고 있었다. 가시에 찔려가며 마름 열매를 따면, 할머니는 그 가시보다 야무진 엄지손톱으로 단단한 껍질을 깠다. 노동으로 굵어진 할머니의 열 손가락은 팽나무 뿌리 같았다. 그 손으로 쥐밤톨만한 마름 알맹이를 입에 넣어주었다. 오도독 깨물면 고소한 깨금 맛이 났다. 마름을 물밤이라고도 했지만 밤보다는 훨씬 고소했다. 방죽가 마름을 다 따면 기다란 갈고리로 안쪽 마름줄기를 끌어당겨 와서 땄다. 마름줄기는 물에 둥둥 떠 뻗어나가서 쉽게 끌려왔다.

"우리 고만이는 뭐가 제일 맛있누?"

답은 정해져 있었다. 점방에서 몰래 사먹는 눈깔사탕이 최고지만 이 순간 그걸 말하면 눈치코치 하나도 없는 바보 멍텅구리였다.

"잣 고명 올린 자줏빛 마름죽!"

"암만! 마름죽은 신선들이나 먹는 거여. 인간들은 우리마냥 부지런한 족속이나 가끔 맛보는 정도지 게으른 것들은 어림 반 푼어치도 없어."

할머니는 남들이 거들떠보지도 않는 마름을 해마다 그악스럽게 땄다. 억센 껍질을 일일이 까내고 말려서 가루로 만들어뒀다가 죽을 쒔다. 들인 품과 정성에 비해 그 양이 얼마 되지 않았다. 그래서 흔한 음식 같지만 은근히 귀했다.

"할머니, 손이 많이 가는 이 마름을 가시에 찔려가며 왜이렇게 따쌓아?"

"몇 번을 일러줘야긋냐. 담백한 마름죽 한 사발은 죽은 사람도 살려낼 만한 하늘의 음식이랑게."

옥색 가루로 죽을 쑤면 신기하게도 자줏빛으로 바뀌었다. 할머니는 마름죽을 쑬 때마다 첫 사발은 꼭 삽짝 문설주 앞에 뒀다.

"뭣하게 삽짝 밖에 둬?"

"집 나갔다 영영 못 들어오는 사람들 몫여."

그렇게 말하고 목을 늘여 빼 동구밖을 내다보는 할머니의 눈은 두루미를 닮았다. 집 나간 사람들이 누군지는 묻지 않았다. 일정 때 일본 순사에게 끌려간 고모, 인공난리 때 군인들 짐꾼으로 징발돼 갔다가 끝내 못 돌아온 할아버지 얘기는 그간 골백번도 넘겨 들어왔으니까. 그들은 제 발로 나간 게 아니라 강제로 끌려갔다. 고만이는 할머니의 주름 진 눈시울을 명주수건으로 훔쳐내 주었다. 누르스름한 눈곱에 핏빛이 비쳤다.

"그려 왔다갔구나. 간밤에 부녀가 둘이서 정답게 손잡고 다녀갔어. 잘했다. 잘했어."

다음날 이른 새벽, 할머니는 삽짝 밖에 뒀던 마름죽사발을 들여다보며 혼잣말을 했다. 죽 위에는 새발자국 두 개가 찍혀있었다. 할머니는 그게 할아버지와 고모의 영혼이 다녀간 징표라고 믿었다.

"우리도 죽으면 새가 되자꾸나. 이왕이면 현학이 되고 싶구나."

할머니는 고만이의 손을 꼬옥 그러쥐고 읊조렸다. 고만이는 말없이 고개를 끄덕여주었다

"할머니, 나 집에 안 가고 큰집에서 할머니하고 살고 싶다."

"그럼 복만이는 누가 보고 소죽은 누가 쑤누?"

"복만인 다 컸어. 소죽은 아부지가 쑤면 되고. 난 할머니와 마름도 따고 옛날이야기도 들으면서 공부하고 싶단 말야."

"그럼 하루만 더 있다 가렴."

"세 밤만 더?"

고만이가 조르자 할머니는 머뭇거리다가 그러마고 대답하고 말았다. 고만이는 이른 봄날 고라니처럼 뛰면서 춤을 췄다. 그러다가 엄마 아버지한테 꾸중들 생각이 미쳤다.

"혼날 텐데?"

"할미가 잘 말해주마."

"와, 신난다!"

마름을 따던 방죽가에서 쇠똥구리와 물리도록 놀았고 마을 앞 팽나무에서 사슴벌레도 잡았다. 또래 아이들과 저물도록 고무줄놀이도 했다. 그렇게 나흘 밤이나 자고 집으로 돌아오니 맹감나무 삽짝 밖으로 곡소리가 울려나왔다. 그새 집안은 초상집으로 변해 있었다. 아까 낮에 우편배달부가 자전거 밟아서 들고 온 전보 한 장 때문이었다.

여식사망급래

또순이 서울 둘째언니가 죽었단다. 도저히 믿을 수 없었
다. 아버지는 곧장 금산까지 내달려 서울 가는 버스를 탔
다. 동네사람들에게 둘러싸인 엄마는 넋이 나가서 마루에
퍼질러 앉아있었다. 복만이와 막내가 눈물콧물이 범벅인
채로 빽빽거렸다. 학교 마치고 온 바로 밑에 동생도 엉엉
울었다. 고만이도 눈물이 나왔지만 이를 윽물고서 동생들
을 달랬다. 엄마 울음소리가 갈라지자 찬물 한 대접을 떠
다드렸다.

"가난이 원수여 가난이 원수여. 그 어린 것이 낮에는 공
장에서 베 짜고 밤에는 잠 안 자고 야학 나가 공부한다고
쌔빠지게 고생만 하드만 기어코 사달이 난 거여. 그깟 중
핵교 졸업장이 다 뭐고 고등핵교 졸업장은 또 뭐여. 하나
밖에 없는 목숨이 중하지 그깟 종우때기가 뭔 소용여. 돼
지 목의 진주목걸이고 개 발의 주석편자 아니냔 말여. 아

이고 불쌍한 내 새끼. 시집도 못 가보고 황천길이 웬 말이
랴. 난 못 살어, 난 못 살어."

　사흘 뒤, 아버지는 작은 나무상자를 싼 보따리 하나를
들고서 허깨비걸음으로 휘적휘적 돌아왔다. 누구한테 무
슨 말을 단단히 들었던 것인지 도무지 한 마디 말도 없었
다. 식구들은 한 줌 재로 돌아온 또순이 언니를 가을햇살
부서지는 비단강물 윤슬에 보태주었다. 어릴 적 다슬기 잡
고 물장구치던 용담 월계리 앞 강가에 속절없는 가수알바
람만 불었다.

　훠이 훠이 잘 가거라. 배고픔 없고 다툼 없고 차별도 없는 저 세
　상에서 편히 쉬거라. 네가 그토록 외쳤던 사람다운 대접받고
　일하는 세상 꼭 만나거라.

　아버지는 그날 이후로 실어증 환자처럼 말을 잃었다. 강
바람을 쐬러 나가서 우두커니 서 있는 때가 많았고 소처럼
꿍꿍 일만 했다. 그러기는 엄마도 마찬가지였다. 부엌에서
감자밥, 보리밥을 하다가 까맣게 태우는 일이 잦았다. 동

생들도 슬슬 눈치를 보며 울어보다가 그마저 시부저기 그만두었다. 고함소리 울음소리로 요란스럽던 집안은 대낮에도 귀신 그림자가 어른거릴 정도로 고요했다. 보다 못한 할머니가 여의곡 큰집에서 윗방으로 옮겨온 후로 사람 사는 훈김이 조금 돌았지만 노인네의 우려와 한숨소리만 더 커졌을 뿐 재밌는 이야기나 흥겨운 노래는 더 이상 없었다.

"끄음, 세상살이 한 번 모질고 팍팍하다. 뭔 놈의 팔자가 이리도 기구할꼬."

그 한탄에 아무도 대꾸하는 이가 없었다. 그저 강 건너 들이닥친 겨울삭풍만 문풍지를 찢을 듯이 악머구리를 날릴 뿐이었다.

뒷박머리 고만이는 혼자서 자주 강가를 거닐었다. 밤하늘을 올려다보며 별에게 기도했다. 밤하늘의 별들은 은하수를 쏟아내며 아낌없는 사랑을 베풀어주었다. 힘겹고 가난한 이들과 오래 사귀어온 친구들다웠다.

"목마를 텐데 어서 마시지 않고?"

언제 도착했던지 할머니가 뒤에서 여느 때처럼 자상하게 일렀다.

"……."

알타이산 새와 물고기 바위그림 앞에서 그랬듯 질라래비는 한참동안 침묵했다. 물방울이 다시 긋기 시작했고 병풍바위 속은 옹달샘 울리는 통랑한 소리로 여울졌다.

"할머니, 방금 제가 이 샘물 속에서 인간 소녀를 봤어요. 인간 할머니도요. 그게 누굴까요?"

"물부터 마시고."

할머니가 잠시 주춤하더니 옹달샘 물을 마셨다. 고개를 갸우뚱거리던 질라래비도 다시 목을 축였다. 석간수답게 달고 시원한 약수였다. 물을 마시면서 질라래비는 옹달샘물의 거울에 비친 자신의 모습을 다시 보려고 애썼다. 하지만 또로롱 소리 내며 흘러내리는 물방울 때문에 물의 거울은 더 이상 잔잔해지지 않았다.

"기억의 샘물이란다."

"기억의 샘물요?"

"모든 생명은 매일같이 망각의 샘물을 마시며 살지. 얼마쯤의 과거를 잊지 않고는 새것을 받아들일 수 없으니까. 죽음은 뿌연 망각의 샘물 속으로 걸어 들어가는 것, 그러기 전에 기억의 샘물을 한 번이라도 마셔본 이는 행운아란다."

"신비로워요. 이런 샘물이 여기 말고도 세상 곳곳에 있다는 말씀인가요?"

질라래비는 할머니의 얼굴을 응시했다. 조금 전에 물의 거울에서 보았던 주름진 인간의 얼굴을 찾으려고 애썼지만 붉은 눈 뒤로 흰 깃털이 치렁치렁 늘어진 현학일 뿐이었다.

"드물게 있지. 알타이에도, 바이칼에도, 카일라스와 히말라야, 알프스와 세도나, 안데스에도 있지만 아무나에게 허락하지는 않아."

"이렇게 저도 보고 마셨는걸요?"

"너도 허락 받은 거지."

"누구한테요? 전 허락을 구한 적 없어요."

"선물 같은 거란다. 몸과 마음이 가벼운 이에게만 특별히 주는."

"무거운 이한테는 안 준다는 건가요?"

"물론이지. 그들은 이 높은 데까지 올라올 수조차 없고, 어쩌다 와도 아마 이 비밀의 샘을 못 찾을 게다."

"그렇군요."

"얘야, 내 영특한 손녀딸 질라래비야. 이 샘물 맛 어땠니?"

"은방울 소리가 들려요."

"호호호, 녀석 참 감수성 빼어나기도 하지."

"헤헤헤, 혀끝이 달고 시원했어요."

"고향은 그렇게 혀끝에 닿는 물맛 같은 거지. 네가 목을 축인 이 샘물은 하루도 안 돼서 네 몸 안에서 완전히 빠져나가겠지만 샘물의 혼은 네 실핏줄과 뼛속에 계속해서 남아 흐를 게다. 그리하여 네가 힘겨울 때나 고독할 때, 이따금씩 너를 들볶아댈 거야. 물 한 모금의 기억으로 말이다."

"이곳이 제 고향이라구요? 전 알타이산자락 검은 호수 하르 오스에서 태어났잖아요?"

"음…. 그게 말이지……."

할머니는 잠시 말꼬리를 흐렸다가,

"철새인 우리한텐 두 개의 고향이 있단다. 태어난 곳과 옮겨와 자란 곳. 바이칼 같은 본향까지 치면 세 개 네 개도 될 수 있겠지. 오늘부터 겨울을 날 이곳은 너의 또 하나의 고향이란다. 넌 물 한 모금의 기억으로 이곳에 애착을 갖게 될 거야. 네가 태어난 알타이산자락 다음으로."

"물 한 모금의 기억……."

"곧 저 병풍바위가 돌아서면서 이 기억의 샘물은 닫힌 단다."

할머니의 말이 끝나기가 바쁘게 크르릉 소리가 울리며 바위가 꿈틀거렸다. 질라래비는 엉겁결에 뒤로 물러섰다. 정말 그 육중한 병풍바위가 뒤로 돌아섰다. 그 사이 눈앞에 있던 옹달샘이 사라지고 아찔한 바위벼랑이 우뚝 막아섰다. 이 자리에 아무것도 없었다는 듯 시치미 뚝 떼고서. 바위틈에서 자란 낙락장송이 오랜 세월을 그렇게 지켜왔노라고 시위했다.

"그만 가자. 누구나 혼자 있고 싶을 때가 있지 않겠니? 기억의 샘물도 지금부터 바위 커튼을 치고서 혼자 있으려는 거야."

할머니는 용담호를 향해 날았다. 질라래비가 뒤따르며
물었다.

"다음에 또 찾아와서 물 마시려면요?"

"아까처럼 공중에서 찾으면 또 찾아지지. 넌 이미 허락
받은 아이니까."

장거리 비행 직후라서였을까. 오늘따라 할머니의 뒷모
습이 몹시 고달파보였다. 비탈길을 가만가만 더듬으며 내
려가는 꼬부랑 할머니 같았다. 바이칼 알혼 섬 샤먼바위에
서는 그토록 우아했던 날갯짓이었건만······.

"할머니, 제가 앞장설 게요."

질라래비가 앞으로 짓쳐나갔다. 그는 자주 와봐서 익숙
한 곳처럼 용담호수로 곧장 날아갔다. 그는 옛날에 강물이
반달모양으로 흘렀으나 지금은 깊은 물에 잠긴 월계리에
서 멈췄다. 검푸른 호수 한가운데 점점이 떠있는 세 개의
작은 섬 중간에 내렸다. 용머리 아래턱과 배에 해당하는
부위였다. 잔잔하고 맑은 호수 거울에 단풍든 산들이 바투
다가와 꽃보다 화사한 단장을 하고 있었다. 질라래비는 그

거울 속에 얼굴을 비춰보았다. 물의 거울에 자신의 모습
은 비치지 않고 초가마을이 나타났다. 함석이나 슬레이트
로 지붕을 개량하던 새마을운동 이전의 전통마을이었다.

※

"용담—."

질라래비 할머니는 작은 섬에 우뚝 서서 사방을 둘러보
다가 조용히 불렀다. 곱게 단풍든 산으로 둘러싸인 고즈넉
한 호수 위로 아련한 물안개가 피어올랐다.

"용담!"

질라래비도 따라 불렀다.

"그래, 용담. 입 안 가득 샘물 같은 침이 고이고 뇌파가
은은하게 울리지 않니? 깊고 그윽한 강물이 있다가 어느
덧 거대한 호수가 된 이곳엔 이 만한 이름이 어울려. 서럽
고 고달프다고 졸졸졸 소리 요란한 또랑물보다 가슴 아린
그 많은 사연 집어삼키며 조용히 흐르는 강물이 훨씬 더
깊은 법이지. 깊은 강이 말없이 흐르던 이 눈물겹도록 아
름다운 고장의 이름을 맨 처음 용담이라고 이름붙인 사람

이 누굴까? 그 속 깊은 사람이 살던 시절로 날아가 한 번 쯤 만나보고 싶구나."

"할머니, 소리 없이 흐르는 강물은 지금도 저 호수 한가 운데에 있을 걸요. 저는 어렸을 적 살았던 그 월계리 시절 로 가보고 싶어요. 할머니와 방죽에서 마름을 따던 뒷박머 리 그 시절로요. 벌써 기억의 샘물 효력이 다한 걸까요. 그 뒤로는 아무것도 생각나지 않아요."

질라래비는 월계리를 담고 있는 호수물이 기억을 이어 줄지도 모른다고 여기고 물을 마셨다. 고인 물이지만 맑 고 달았다.

"그 이상의 기억을 불러오는 마법의 샘물은 없어. 좋건 싫건 기억의 상당부분을 깨끗이 지워버렸기에 오늘의 우 리가 있는 거니까. 아마 우리가 방죽에 같이 빠졌지 싶고 깊은 우물을 치다가 그 속에서 같이 잠들었던 것 같기도 해. 뭐 그랬으면 어때? 지금은 이렇게 아무런 고통의 기 억도 없 걸. 망각의 강물 속으로 흐르는 시간은 명약이야. 세 살 때 파랑새알을 채송화 밭에 심고 물을 줘서 그랬을 까? 넌 이렇게 새가 되었어. 월계리에서 사람으로 사는 동안 우리는 남들 다 몰려갔던 도시로 떠나가지 않았단다. 네 엄마 아빠도 언니들과 동생들도 모두 도시로 이사했지만 넌 마름 껍데기 같이 쭈그러진 내 곁에 끝까지 남았어. 공부를 더하려고도 하지 않았고 돈을 많이 벌려고도 하지 않았어. 그 대신 산으로 강변으로 뛰어다니며 늘 콧노래를 흥얼거리고 춤을 췄지. 지금처럼 말이지. 할미는 곧 치매에 걸렸던 거 같아. 넌 지극정성으로 할미를 돌봤어. 다 자라기도 전에 애만 보고 컸던 네가 이젠 치매노인을 돌보며 살아야 했던 거야. 그러다가 할미가 그만 물에 빠지는 사고를 당한 거 같아. 넌 할미를 구하려다가 같이 화를 당한 거고. 가엾은 내 새끼. 까마득한 옛일이지만 오목가슴이 결리는구나."

"할머니의 기억이 옳다면 너무 다행이에요. 그때나 지금이나 전 할머니의 크신 은혜로 살아가니까요. 한 번만이라도 그 은혜를 갚았다면 덜 미안하잖아요. 엄마 아빠, 다른 언니들과 동생들은 그 후 어찌 됐을까요?"

"회색도시는 기억을 가두는 창고 같구나. 도무지 아무런 실마리를 찾을 수가 없어. 워낙 바지런한 성정들이니까 잘 살아냈겠지. 아마도 고달픈 기억을 살아가야 할 이유로 돌려놓았을 게야."

할머니는 기원하듯 날개를 한껏 펼쳤다 접었다. 질라래비도 따라하며 그리운 사람들을 떠올렸다. 수면 위로 얼굴 대신 물무늬만 밀려들었다.

"우리가 고래실 방죽에서 마름 따던 그 무렵 이 고을은 10만 명이나 되는 사람들로 북적거렸단다. 지금은 북으로 남으로 동으로 서로 대부분 떠나가고 불과 2만 남짓이 호젓하게 살지만."

"평화로워요. 알타이산자락 검은 호수 하르 오스보다 더."

"산다는 건 고통을 삭여내고 태연한 척 버텨내는 것. 이 평화로움 속에도 어김없이 아픈 사연은 서려 있단다. 용담댐이 건설되고 이곳 사람들은 공장이 많은 경기도 어느 도시로 많이 이주했단다. 고향을 수장시키고 떠나간 그들은 도시 빈민으로 살아가며 자손들을 낳고 키웠지. 이미 한번 삶의 터전을 빼앗긴 이들은 어딜 가도 늘 빼앗기는 삶을 살 수밖에 없는 거지. 고달픈 인생들의 늪 같은 비애야."

신화 속에서 마실 나온 바람이 불었다. 잔잔한 물무늬에

서 풀어져 나오는 그 냄새는 모든 아픈 기억을 덮어버릴 만큼 살가웠다. 소죽 끓이던 구수한 냄새와 아궁이 불맛이었다. 물 위로 번져오는 불맛을 빨아들이듯 질라래비는 심호흡을 했다. 그런 다음 춤추며 노래했다.

난 알 것 같아요, 이 호수를 바라보고 있자면
고달팠던 그 시절의 영상이 거울 속처럼 환해요
흙 벌레는 끝내 쟁기를 용서한다죠
인간이 없는 대자연은 불모지라고도 하죠
그래요, 사람의 손길로 돌보지 않은 자연은 황량해요
하지만 그 속에는 눈에 보이지 않는 질서가 있죠
간섭 받지 않는 평화가 있고 사람의 알량한 손길로는
도저히 만들 수 없는 자연스런 조화가 있답니다
당신들은 들입다 넓혀갔죠, 당신들만 편리한 회색도시를!
그래서 지금 옛 친구들은 죄다 어디로 쫓겨났나요?
거울 같던 강물도 싱그럽던 바람도 아무 잘못 없어요
구수한 소죽 냄새, 고소한 마름은 말할 것도 없고
열심히 쇠똥 굴리던 쇠똥구리는 또 뭔 잘못을 했나요

강을 가로지르며 날던 새들과 밤하늘 은하수는요

아니, 아무 죄 없는 그 순박하던 이웃들은요?

그래요, 나도 한 때는 당신들처럼 인간이었어요

어쩌다 현학이 되어 알타이에서 살다 예까지 날아왔죠

당신들은 지금 행복한가요? 그때보다 더 행복한가요?

당신들이 불행하다고 느낀다면 그것은 거울 탓이랍니다

밤낮 유리거울만 보고 끊임없이 남과 비교하는 당신들!

아세요, 상대의 얼굴과 뭇 생명의 표정이 진짜 거울임을!

제발 더 이상은 그 거울들을 깨지 말아주세요

맑은 물의 거울과 뭇 생명의 거울이 없는 빌딩 숲에서

서로 비교하고 다투고 살아서 뭔 재미가 있겠어요

너무 크고 무거운 욕심일랑 바람에 넘겨줘버려요

우리들 현학처럼 가벼워야 춤추기 좋답니다

춤추면 누구나 행복해져요 훌훌 털어버리고 춤춰요

뚜뚜뚜 뚜루루루루!

"잘 불렀다, 내 새끼. 이 노래 한 바탕 시원하게 부르려
고 히말라야산맥 대신 이곳 마이산골 용담호로 온 아이 같

구나. 대견해. 앗, 저기 탐조 무리가 나타났다. 어서 이쪽
으로!"

할머니가 안쪽 섬 너머로 질라래비를 이끌며 잽싸게 몸
을 숨겼다. 맞은편 안천과 상전 산자락엔 조상묘들만 보일
뿐 마을은 하나도 없어서 안전했다. 볕도 잘 들어서 겨울
을 나기 맞춤했다.

"이렇게 꼭 숨어야 하나요?"

"자유롭기 위해서 숨는 거란다. 꽁지 빠지게 당해놓고
벌써 잊은 거니? 과시하고 뽐내는 건 어리석은 하수야. 감
추는 데서 진정한 행복과 풍요가 있는 거야."

때맞춰 해오라기 부부가 호수 위로 날아올랐다. 탐조 무
리는 일제히 그쪽으로 카메라를 향하며 사라졌다.

해가 이울자 둘은 단잠에 빠졌다. 머나먼 여로의 종점에
서 모처럼 편안히 잠들었다.

⁂

"할머니, 마이산이 불러요."

새벽녘에 질라래비가 잠에서 깨어나 속삭였다. 하늘엔

별들이 촘촘하고 바람이 찼다. 하지만 알타이산자락 검은 호수 하르 오스에 비하면 온화한 날씨였다.

"좋아, 용마의 전설을 찾아 날아가 볼까?"

할머니는 질라래비를 앞세우고 뒤따랐다.

검푸른 어스름 속에 동봉 서봉 나란히 선 연인이 실루엣으로 보였다. 마이산 머리 위로 은하수가 흘러가고 있었다. 은하수 아래서 다정한 연인은 사랑을 나누고 있었다. 질라래비는 숨을 죽이고서 연인의 봉우리를 차례로 감돌았다.

"할머니, 우릴 불러놓고 왜 아무런 말도 없는 거죠?"

"넌 침묵의 언어를 배웠으면서도 그걸 묻는 거니?"

아직 짝짓기를 하지 않은 질라래비였다. 그는 머쓱해져서 반대편으로 저만치 날아갔다. 광대봉 위에서 되돌아 북쪽을 보니 두 봉우리 너머로 용담호가 희부옇게 보였다. 용담호와 마이산은 한 마리의 거대한 용마였다. 용마는 넓은 바다와 대륙처럼 보였다.

용마의 전설은 미래의 이야기를 잉태하고 있었다.

동쪽나라 소년과 서쪽나라 소녀가 넓은 바다에서 만나 사랑을 꽃피
운다지. 어느 맑은 날, 그 둘 사이에서 새 생명이 탄생하면 태평성대
가 열린다지. 그날이 오면 떠났던 뭇 생명이 다시 찾아들고 사람도
행복한 시대가 열린다지.

"그러고 보니 우리가 그 전령 같아요."

"우리가 아니라 바로 너란다. 미래는 너희 젊은이들 거
니까."

"할머니의 인도가 없었으면 전 여기까지 올 수 없었을
거예요. 할머니, 고마워요. 할머니는 이제껏 한 번도 제게
무엇을 강요한 적이 없었어요. 그저 말없이 앞에서 보여주
고 이끌어주셨죠."

"늙으면 누가 묻지 않았는데 먼저 말해서는 안 되는 거
란다. 아무리 많이 알더라도 묻는 것만 일러주는 게 주인
공인 미래세대에 대한 예의지. 그 이상 나부대면 추잡스런
간섭이고 방해야."

"멋쟁이 우리 할머니! 할머니가 우리 할머니라서 자랑
스러워요."

질라래비가 할머니에게 바투 다가와 얼굴을 문댔다. 그들은 방금 사랑이 끝난 서봉과 동봉 위에 차례로 내려서 산과 교감했다.

"질라래비야, 그리고 질라래비 할머니! 우리를 잊지 않고 찾아줘서 기뻐. 너희들 현학이 우리 머리 위를 날 때, 비로소 지금 이 순간처럼 용마의 신성함이 깃들어. 당분간은 인간들 눈에 안 띄게끔 이렇게 꼭두새벽에나 찾을 수밖에 없겠지만 인간들이 우리를 한 가족처럼 여길 때가 되면 아무 때나 찾아올 수 있을 거야."

동봉 소년이 말했다.

"반겨줘서 고마워요, 마이산 연인들. 나는 누구와도 자유롭게 대화하고 한 몸처럼 느끼는데 오직 인간들과는 소통이 전혀 안 돼요. 그들은 무작정 포신 같은 카메라를 들이대고 마구 눌러대기만 할 뿐이죠. 내 잘못일까요?"

질라래비가 물었다.

"아냐. 우리가 봐도 그래. 아마 저 나무들도 그럴 걸? 우리 같은 산은 맨몸으로 땅 위에 서서 하늘을 떠받치고 있어. 자신을 다 드러내고 아낌없이 준다는 거야. 나무들은 또 어때? 밑으로는 커다란 그늘을 만들면서 위로는 하늘 속살로 파고들려고 손가락을 뻗어 어루만지지. 그래도 아무런 피해를 입히진 않거든. 전적으로 인간들 문제야. 숲을 밀어내고 도시를 건설하고 기계들을 만들어놓고선 입만 열만 인간중심이어야 한대. 새로 들어온 것이 오래된 것들을 비참하게 만들어서는 안 되는 거야. 인간들은 우리들보다 훨씬 후배지. 이 지구별 숱한 나그네들 가운데서 한참 후배이고말고. 그렇다고 우리가 선배 대접을 바라는 건 아냐. 다만 무례하지만 말아달라는 것뿐."

서봉 소녀가 입을 삐쭉거렸다. 마이산 연인 두 봉우리는 인간들이 무척 못마땅한 모양이었다. 인간 없는 지구가 차라리 천국이라는 것일까. 하지만 질라래비 생각은 달랐다. 무엇이건 한 가지라도 없다면 그건 그 자체로 결핍이다. 다 갖춰있던 세상에서 그것 하나가 없는 세상이 되기 때문이다. 언젠가 용마의 전설이 실현되는 날이 온다면, 인간들은 변하게 돼 있었다. 그날을 기다려달라고 희망의 편지를 전하고자 여기까지 날아온 그였다. 그렇다면 뭘 주저한단 말인가. 당장 활개치고 이 대지 위를 날아야 할 일이었다.

먼동이 트고 있었다. 질라래비는 읍내를 향해 힘차게 날기 시작했다. 할머니가 더 말리지 못하고 뒤따랐다. 이젠 부부라고 오해받아도 상관없었다. 이 청정한 고원에 쇠재두루미, 현학이 날아와 산다는 것만 알리면 그걸로 족했다. 현학이 날아와 사는 땅은 최고의 생태환경이고 샹그릴라니까.

"할머니, 할아버지도 이런 마음으로 여생을 사셨겠죠? 카일라스의 하늘을 나는 용 둑랑첸에 의해 구출된 이후의 삶 말이에요."

"물론이고말고. 할아버지의 상처가 완치됐던 게 아니란다. 한 번 부러진 날개로는 다시 그 높고 험난한 히말라야 산맥을 넘을 수가 없거든. 할아버지는 알타이산자락 고향 땅에서 가족들과 오붓하게 지내며 늦가을이 오기를 기다렸어. 부족이 다시 히말라야산맥을 넘어갈 때, 할아버지는 길목을 지키고 있던 그전의 검독수리에게 다가가 기꺼이 먹이가 됐지. 위대한 부족장답게 값진 죽을 자리를 찾은 거야. 덕분에 부족들은 무사히 산을 넘어갈 수 있었어. 나는 그날 울지 않았단다. 결코 남편의 죽음의 의미가 빛바래질까 봐서가 아니야. 그날 그 순간 나는 놀라운 힘을 봤단다. 하나밖에 없는 자신의 목숨을 버리고서도 오히려 살아있는 것보다 더 큰 힘을 말이야. 자손들과 부족들은 자부심으로 넘쳤어. 우리 부족 구성원 전체를 위해 희생하는 개체를 지녔다는 자부심이었지. 꼭 부족장이어야 할 필요도 없어. 돌발 상황에서 누구라도 그럴 용기가 있는 집단이라면 세상에 두려울 게 뭐겠니? 우리는 그 힘으로 고난의 연대를 넘어온 거고 앞으로도 넘어가게 될 거야."

할머니는 위대한 부족장의 지혜로운 아내다웠다.

"그런 할아버지의 명예를 지켜나가고 싶어요."

"아니야, 할아버지는 할아버지고 너는 너란다."

"그건 알아요. 똑 같은 길을 가겠다는 게 아니라 명예를 이어가겠다는 거예요. 전 여전히 높이 날지 못하잖아요."

할머니는 질라래비를 구봉산자락 어느 농원으로 데려갔다. 가을걷이가 끝난 농원에 주황색 마가목열매와 검은 오가피열매가 달려있었다. 감나무 꼭대기에 까치밥을 남겨놓는 전통에 따른 거였다. 질라래비는 가슴근육을 키우는 그 열매들을 몽땅 따먹었다.

"암투병하던 아내를 먼저 떠나보낸 어느 시인의 농원이란다. 아내의 고향집에 홀로 들어와 살면서 밤이 이슥토록 사랑의 시를 쓰는 이지. 너를 봐도 해코지하지 않고 깜짝 반길 사람이니 맘 놓고 와서 챙겨먹으렴. 구봉산 기억의 샘물도 마셔가면서."

할머니의 눈썰미와 세심한 배려에 질라래비는 콧날이 시큰해졌다. 모든 것이 그가 돌아와서 즐기도록 설계된 것만 같았다. 댐도 농원도 어쨌든 인간들이 만들고 가꿔놓은 것들이었다. 어떤 인공은 자연만큼이나 혹은 그 이상으로 유용한 공유가 가능했다. 오만하고 무례하지만 않다면 그 가능성은 훨씬 더 열려 있었다.

※

고원에 봄이 왔다. 구봉산 아홉 마리 봉황들이 한꺼번에 기지개를 켜자, 바위 갈라지는 소리가 쩌렁쩌렁 울렸다. 여러 골짜기에서 얼음 녹은 물이 흘러들었다. 그 옛날 소죽 끓이던 가마솥에서 풍겨나던 구수한 냄새도 묻어있는 것만 같았다. 질라래비는 저도 모르게 빙그레 웃음이 배어

나왔다. 이 달콤한 봄 냄새가 코끝에 닿으면 날개에 부딪치는 공기의 밀도가 달랐다. 봄날의 상승기류를 타는 건 차가운 겨울공기를 가로지르는 것보다 훨씬 수월했다. 질라래비는 생기가 넘쳤다. 용담호를 일주하거나 마이산과 덕태산을 감돌아서 구봉산, 운장산까지 둘러보고 오기도 했다.

"애야, 이제 그만 돌아가야 할 때가 왔구나."

할머니는 겨울을 나면서 부쩍 야위었다.

"엄마도 오빠와 언니들도 보고 싶어요. 그리고 내 친구 자작나무숲도요."

"아빠는?"

"인사도 못 드리고 온 게 내내 걸렸어요."

"알타이산자락 검은 호수 하르 오스에 돌아가거든 아빠를 꼭 안아드려라. 언제나 기가 뻗쳐 보이지만 그도 늙어가는 처지란다."

할머니는 마치 질라래비 혼자만 떠나보내는 것처럼 일렀다.

"할머닌 딴 데로 가시게요?"

"난 너무 오래 살았어. 너 떠나는 거 보고 구봉산자락 시

인한테 가볼까 한다. 시인이 피리를 배우는가 보더라. 시
인에게 현학의 피리 한 자루만큼 어울리는 악기도 없겠지.
내가 그의 피리가 되어주면 서로 행복하지 않겠니?"

할머니는 한 자루의 피리로 남고 싶어 하셨다. 오동나무
가 시인 묵객의 거문고로 남는 게 소원이듯 현학은 시인
이나 가객의 피리 한 자루로 남는 게 꿈이었다. 살아 생전
에 울기 울기 좋아하는 현학이 죽어서도 영생하는 묘법이
기도 했다.

현학은 모든 짐을 가벼이 지는 진화된 존재. 정해진 이
별 앞에서 서성거리거나 눈물을 보이지 않는다. 질라래비
는 목을 갈게 빼고서 우두커니 서 있는 할머니 위로 세 바
퀴 빙빙 돌았다.

기억할게요, 할머니. 온몸으로 보여주신 크나큰 사랑과
배려 언제까지고 잊지 않을 게요. 당신은 할아버지와 똑
같이 제 가슴에 영롱하게 떠 있는 히말라야의 별이랍니다.

질라래비는 올 때처럼 야간비행하며 북녘으로 떠났다.
알타이산자락 검은 호수 하르 오스에 가면, 아빠가 소개
해준 남자친구와 마이산 두 봉우리 연인처럼 사랑을 해볼

참이었다.

　세상이 내 맘대로 안 돼서 불편하고 짜증났지만 춤추고 노래하기 정말 잘했다. 삶이란 짧게 보면 뜻대로 되는 일이 없고 장애가 많은 것 같지만, 길게 보면 봄 여름 가을 겨울처럼 순조롭게 흘러가는 것이었다. 고달파도 화내지 않고 하루하루 옹골차게 살다보면 새 날, 새 세상이 열린다. 사람이 새가 되기도 했으니까. 새가 되어서도 용골돌기 부실이라는 장애를 만났으나 남들과 다른 길을 갔고 더 없이 값진 소득이 있었으니까.

　질라래비는 힘차게 날았다.

　그때 뇌파로 작은 울림이 파고들었다. 할머니의 당부말씀이었다. 질라래비는 조용히 비행하면서 그 울림을 언어로 바꿨다.

　사랑하는 내 새끼 질라래비야. 아니, 내 착한 손녀딸 고만아. 영특한 너는 어렸을 적부터 알았지. 다른 이들과 비교하지 말아야 자기만의 길을 갈 수 있다는 걸. 자기 앞의 생이 힘겨울지라도 세상을 원망하지 않고 뚜벅뚜벅 걸어

가다 보면 언젠가는 새 길이 열린다는 걸. 사람들은 도무지 헤어날 수 없는 탐욕의 올가미에 걸려 버둥거리지. 천상의 별을 대신한 우리들 새가 지상의 인간들에게 일러줄 건 비워서 얻는 자유란다. 부디 많은 친구와 자손을 거느리고 이 땅에 다시 돌아와 현학이 지닌 비움의 미덕을 널리널리 퍼뜨려다오. 할미가 자신하건대 너의 용골돌기는 이제 완벽하게 기능한단다. 이 땅의 정기와 용담호의 건강한 물고기, 특효 약초와 비밀의 샘물이 자연스럽게 고쳐준 것이지. 그러니 어디든 거침없이 훨훨 날아가거라. 한껏 네 마음대로 살거라. 자연의 순리를 따르는 네 마음보다 더 큰 마음은 이 세상에 없단다.

질라래비 훨훨~

질라래비 훨훨~

오래전 오지여행에서 한 무리 현학 가족을 만났습니다. 옛사람들의 글이나 그림, 상감청자에서나 봐왔던 우아한 쇠재두루미를 직접 보고는 가슴이 콩닥거렸습니다. 시베리아 바이칼과 몽골초원에서였지요. 그 후로 알타이, 히말라야, 북인도에서도 현학을 만나게 되자 저는 그만 깊은 상실감에 빠지고 말았습니다.

두루미로 불리는 학은 한국문화의 원형입니다. 그 가운데 재두루미가 있고 몸집이 좀 작은 쇠재두루미도 있지요. 이 재두루미를 현학이라고 합니다. 재두루미는 지금도 우리 땅에 종종 찾아옵니다. 일본에서 겨울을 나려고 징검다리처럼 거쳐 가는 거지요. 하지만 쇠재두루미는 어쩌다 길잃은 한두 마리의 미조만 올뿐 무리가 오는 경우는 없습니다. 산업화로 내쫓겨진 것이죠. 우리가 내쫓아버린 한국문화의 원형이 대륙의 하늘을 날고 있었습니다. 그러니 속상할 수밖에요.

한 번은 티베트 카일라스를 순례하다가 설산 히말라야산맥을 단신으로 넘나드는 어느 젊은 수행자를 만났습니다.

"그네들이 여권을 빼앗고 출입국을 막아서 나는 새가 넘나드는 길로 갔다!"

야크의 심장이 뛰는 이 수행자가 사표로 삼은 새가 바로 쇠재두루미랍니다. 어른동화로 여겨도 좋을 이 우화소설은 그 수행자가 제게 준 선물입니다. 유년시절 마루 끝에서 바라보곤 했던 구봉산과 그 너머 학골 그리고 용담호와 마이산을 날아다니는 현학을 기다리며, 저도 이 작은 선물을 꾸렸습니다. 고달픈 인생길, 얼마나 아름답게 살아냈으면 새가 되었을까요? 그것도 우아하게 창공을 나는 현학이요.

이 책이 한없이 속되고 부박한 세상에서 자신의 길을 찾아가고자 애쓰는 영혼들에게 널리 전해지길 소망합니다. 그리하여 주인공 질라래비처럼 훨훨 날게 되기를!

2019년 여름 용담호반에서

김종록